珍藏版

李煜词

全鉴

〔南唐〕李煜◎著　东篱子◎解译

中国纺织出版社有限公司 | 国家一级出版社
全国百佳图书出版单位

内 容 提 要

　　李煜，史称"李后主"，是中国古代最杰出的词人之一，被称为"千古词帝"。李煜词多结合自己独特的身世遭遇，成为展现真实生命、抒发自我情感的抒情文体。本书涵盖了李煜一生重要诗词章节，并对其进行了注释与解译，另外收录了李煜存疑词、李煜所著的经典书文、李璟词和冯延巳词等，供读者赏读。

图书在版编目（CIP）数据

李煜词全鉴：珍藏版 /（南唐）李煜著；东篱子解译. ——北京：中国纺织出版社有限公司，2019.9
　ISBN 978-7-5180-6352-9

　Ⅰ.①李…　Ⅱ.①李…　②东…　Ⅲ.①词（文学）—作品集—中国—南唐　Ⅳ.①I222.843.2

中国版本图书馆CIP数据核字（2019）第126538号

策划编辑：于磊岚　　特约编辑：金　彤
责任校对：楼旭红　　责任印制：储志伟

中国纺织出版社有限公司出版发行
地址：北京市朝阳区百子湾东里 A407 号楼　邮政编码：100124
销售电话：010—87155894　传真：010—87155801
http://www.c-textilep.com
E-mail：faxing@c-textilep.com
中国纺织出版社天猫旗舰店
官方微博 http://weibo.com/2119887771
北京华联印刷有限公司印刷　　各地新华书店经销
2019 年 9 月第 1 版第 1 次印刷
开本：710×1000　1/16　印张：20
字数：179 千字　定价：68.00 元

凡购本书，如有缺页、倒页、脱页，由本社图书营销中心调换

前言

　　中国是一个诗的国度。古典诗词是中国民族文化的精粹，占有重要而独特的历史地位。隽永的诗篇，华美的辞章，尽展诗人的生命风采，千载流传，时时撩拨人们的心弦。

　　李煜（937—978），原名从嘉，字重光，好诗词，擅书画，是五代十国时期南唐的国君，南唐中主李璟的第六个儿子，史称"李后主"。作为"好声色，不恤政事"的君主，他是有争议的；但作为风华绝代的词人，他的才华是无可争议的，因为李煜给后世留下了许多动人的诗词篇章。

　　李煜自幼天资聪颖，喜爱读书，雅爱文学，"精究六经，旁综百氏"（徐铉《大宋左千牛卫上将军追封吴王陇西公墓志铭》），不仅工于诗、文、词等，而且善于书法和绘画。据陶谷《清异录》云："后主善书，作颤笔樛曲之状，遒劲如寒松霜竹，谓之'金错刀'。作大字不事笔，卷帛书之，皆能如意，世谓'撮襟书'。"又据郭若虚《图画见闻志》中云："后主才识清赡，书画兼精，尝观所画林木飞鸟，远过常流，高出意外。"李煜除善书画、长于翎毛墨竹之外，还精于书画品鉴，具有极高的艺术品位。据《砚北杂志》中说："南唐李后主谓善书法者，各得右军之一体，若虞世南得其美韵而失其俊迈，欧阳询得其力而失其温秀，褚遂良得其意而失其变化，薛稷得其清而失于拘窘，颜真卿得其筋而失于粗鲁，柳公权得其骨而失于生犷，徐浩得其

1

肉而失于俗，李邕得其气而失于体格，张旭得其法而失于狂，独献之俱得而失于惊急无蕴藉态度。"李煜于诸家及献之的评价虽不能说至为允当，但其中所体现出的艺术眼光和修养却极为独到。此外，李煜还"洞晓音律，精别雅郑"，有很高的音乐素养。

当然，李煜之所以在中国古代文学史上有着十分突出的地位和意义，主要是因为他的词作成就。

李煜的人生是喜剧与悲剧的交替，他的诗词也在悲喜交替地诉说着他的内心世界。无论是帝王时期的"欢唱"，还是沦为阶下囚后的"悲吟"，都真实地反映着李煜的人生历程。李煜在诗词中表达真实的自我、抒发真切的感受，词史发展的轨迹也在他的创作中发生改变。

在晚唐五代时期，李煜继承了晚唐以来花间派的传统，又受到五代词人冯延巳、李璟等人的影响，结合自己独特的身世遭遇和艺术生涯，才一改词娱乐消遣的工具身份，成为展现真实生命、抒发自我情感的抒情文体。李煜饱含真切情感的词作给后代文人莫大的启示，宋代的苏轼、辛弃疾等人由此领悟到：原来词除了歌唱大众化情怀，还可吟咏自我的心声！李煜的词，取得了极富独创性的艺术成就，开启了词史发展的新方向，堪称艺术上的典范。

王国维在《人间词话》中评价说："词至李后主而眼界始大，感慨遂深，遂变伶工之词而为士大夫之词。"此评语恰如其分地概述了李后主后期词作的艺术特点和对词史的伟大贡献。

李煜，一个失败的"薄命之君"，一个成功的伟大词人。这个绝世悲情的"千古词帝"留下了众多不朽的词作供我们品读。本书试图再次展现这个集才情与悲情、成功与失败、词宗与君王于一身的人物全貌，探寻其喜剧与悲剧交替的一生。

本书平装本自出版以来，广受读者欢迎和喜爱。为满足大家的收藏、馈赠需要，现特以精装形式推出，敬请品鉴。

解译者

2019 年 4 月

目录

上篇　李煜词选粹

中篇 李煜诗选粹

下篇　李煜存疑词选粹

附 录

上篇 李煜词选粹

长相思（云一緺）

【原文】

云一緺①，玉一梭②。淡淡衫儿薄薄罗③，轻颦双黛螺④。

秋风多，雨相和⑤。帘外芭蕉三两窠⑥。夜长人奈何！

【题解】

陈廷焯在其《闲情集》卷一称此词"情词凄婉"，可见仍是一首闺
怨词，写一位女子在秋雨之夜的相思之苦。全词大致分为两部分，前
一部分写人，后一部分描景，景中有人，相互照应。整首词以自然的
笔调含蓄委婉地表现"愁"，但自始至终不见一个"愁"字，言辞浅
近，风格清新，是难得的雨夜愁思佳作。

"緺"，《阳春白雪》等作"窝"。"衫儿"，《阳春白雪》《龙洲词》
等作"春衫"。"秋风"，《阳春白雪》《龙洲词》等作"风声"。"帘"，
《阳春白雪》等作"窗"。《续选草堂诗余》《古今词统》《古今诗余醉》
在此词调名下题作"佳人"。

【注释】

①云一緺（wō）：一个盘髻。薛氏兰英、蕙英《苏台竹枝词十首》
联句："一緺凤髻绿如云。"

②玉一梭：一支玉制的簪子。梭，喻指簪子。

③罗：指丝罗的裙子。

④轻颦双黛螺：微皱双眉。黛螺，即"螺黛"，六朝晚期至唐时妇女涂眉的颜料。词作中多借指眉毛。欧阳修《阮郎归》："浅螺黛，淡燕脂，闲妆取次宜。"

⑤"秋风"两句：指秋风、秋雨之声两相应和。

⑥窠（kē）：同"棵"。

【译文】

女子盘起的发髻中插着一支玉簪，她穿着颜色淡雅的丝织罗裙，轻轻地皱起了双眉。

秋风、秋雨相和，肆意吹打着窗外的两三棵芭蕉。秋夜如此漫长，人又能如何呢！

【赏析】

这首词描写了一位女子在冷寂的秋雨之夜的相思之

情。前片写后宫美人为获得后主宠爱尽量梳妆自己，后片写后宫美人虽然精心修饰，却仍难获得宠爱，忧心忡忡，夜不能寐。

　　开头"云一緺"，先从女子头上的盘髻写起，"玉一梭"，接着写盘髻上插着一支玉簪。"淡淡"句，写到女子身穿素色的衫儿和轻薄罗裙。至此，女子的绰约丰神已跃然纸上。上片歇拍"轻颦双黛螺"一句，描写女子双眉含愁，引出下片。女子为何而愁眉不展？下片写原因。开始三句，点明她身处的环境：秋风、秋雨、芭蕉，雨打芭蕉，先渲染出环境的不胜凄凉。结句点"情"，夜长难眠，正为相思煎熬。"人奈何"更有无限悲苦，无法排遣，却点到即止，反觉含蕴深长。

　　此词情景兼具，声色并茂，人物在风雨中活动，风雨声中又融有人物的内心独白，相互呼应，浑然一体。

长相思（一重山）

【原文】

一重山，两重山。山远天高烟水寒。相思枫叶丹。

菊花开，菊花残。塞雁①高飞人未还。一帘风月闲。

【题解】

《乐府解题》：《长相思》，古怨思二十五曲之一，本古诗"上言长相思，下言久别离"。又"著以长相思，缘以结不解，以致缠绵之意"。《新刻注释草堂诗余评林》在此词调名下题作"秋怨"，由此可知这是一首闺怨词，是李后主以闺妇口吻抒写秋怨相思和心中愁恨。

【注释】

①塞雁：犹"北雁"。

【译文】

一重又一重的山，远远望不到尽头，远山与天际交界的地方，雾水蒙蒙，寒气逼人。相思似红枫一样炽烈。

菊花开了又败，北雁都已经飞走了，人仍旧未归。帘外风月虽好，但独守空荡荡的闺房有什么乐趣可言？

【赏析】

　　这是一首抒发闺中女子秋怨相思的闺怨词。上片写女子登楼远望。"一重山，两重山"为女子远望所见，只见重山阻隔，山远天高，烟水透寒，不见思念的人归来的身影。一个"寒"字，表面上在说烟水，实际上在诉说女子的心境。歇拍"相思枫叶丹"，明点相思之意。转眼又是秋天，枫叶红火，思念之情就像这红枫一样炽烈。

　　词的下片，虽以"菊花开"开始，但并非真的写菊，只是在表明时序更迭，相思之日甚久。塞雁高飞，但雁还人不归。结句"一帘风月闲"，以"风月闲"写青春易逝、年华虚掷的感慨。

　　整首词紧紧围绕"秋"来表现相思之情，描写了秋天众多的景物，如山水、落叶、菊花、北雁等，用众多意象共同烘托出一种清冷寂寥的秋景。词人以景言情、以景衬意，极具感染力。从"人未还"中推测，应该指其七弟李从善入宋未归之事，猜测为李煜中期作品。

捣练子令（云鬓乱）

【原文】

云鬓乱①，晚妆残，带恨眉儿远岫攒②。斜托香腮春笋③嫩，为谁和泪倚阑干④。

【题解】

《升庵词品》："李后主词，即《咏捣练》，乃唐词本体也。"一般用作妇人思念远征的丈夫的作品。《续选草堂诗余》在此词调下题作"闺情"，《花草粹编》在这首词下题作"春恨"，说明此词是表现闺妇的哀怨。从词意看，猜测是李后主代人之作，代替闺中少妇描写其内心的幽怨，是李煜前期的作品。

【注释】

①云鬓乱：头发蓬乱。

②远岫攒（xiù cuán）：喻指眉儿像远山一样攒聚。岫，山。攒，"攒眉"，皱眉，柳永《昼夜乐》："一日不思量，也攒眉千度。"

③春笋：喻指女子的手。

④阑干：阑干古时可作两个意思解：一同"栏杆"，古人常倚阑（或"凭栏"）来望景抒怀，"阑干倚尽"中的"阑干"就作这个解法，

即长时间地靠着栏杆望景；二为"纵横交错"，常用于形容景象或心情，如"瀚海阑干百丈冰"。

【译文】

云鬟散乱，晚妆不整，微皱的双眉满含恨意。手斜托着带香的脸颊，靠在栏杆上也不知道为谁流泪。

【赏析】

这首词描写了宫中美人期盼后主临幸的急切忧苦的心情。前三句描写宫中美人云鬟散乱，晚妆不整，眉宇之间又含愁带恨，紧锁不开。从女子的外在形态表现了美人的愁怨。

后两句中，女子手托香腮，含泪凝望，通过"斜托"这一细微动作，把内心的愁怨表现了出来。在古典诗词中，"倚阑干"往往表示望远。而此时天色即将入暮，再望也望不见什么了。这表明了两层意思：一是白天没有见到心心念念的人；二是即便即将入暮，希望已很渺茫，对心中的人仍有所期盼。其情之切，得到了更进一步的表现。

全篇字字无关相思，但字字写尽相思，用形态写心情，用远山喻愁情，明白如话，笔意清新，淡远幽长，将宫中美人思念的心情描写得细腻真切，令人感同身受。从艺术造诣上来说，这是词中的上品。

谢新恩（樱花落尽阶前月）

【原文】

樱花落尽阶前月，象床愁倚薰笼①。远似去年今日，恨还同。

双鬟不整云憔悴②，泪沾红抹胸③。何处相思苦，纱窗醉梦中。

【题解】

《谢新恩》，即《临江仙》，唐教坊曲名。这是一首相思之词，是李煜代宫中美人抒写思念意中人时的愁苦之情。词中的形象句都有来源，独创句不多。虽然用语意境深沉，但写的是闲愁，应当是后主初期的作品。

【注释】

①象床：象牙床。薰笼：薰香用具。白居易《后宫词》："红颜未老恩先断，斜倚薰笼坐到明。"

②双鬟（huán）：环形的发髻。云：喻指头发。

③抹胸：女子所穿紧身的胸衣。

【译文】

春末樱花落尽时，月光在阶前洒落，在象床上愁绪满心地倚着薰笼。去年今日的怨恨，今年依旧。

由于未理双鬟而显得很憔悴，泪珠滴落沾湿了红色抹胸。相思在何处最苦，在闺房纱窗下的睡梦之中。

【赏析】

这首词上片写新愁旧恨，在樱花落尽的春夜里一齐涌上心头。首句点明时间在暮春之夜，次句写的人物是一个满怀相思之苦的少年宫女。歇拍表愁恨的内容。女子相思已经从去年到今日，却仍不见伊人，旧恨新愁相同。过片意脉不断，进一步突出今日的愁苦。双鬟不整，容貌憔悴，可见其为相思折磨，无心整饰；泪沾抹胸，可见流泪之多。这两句从外表和动作表现主人公愁苦的内心。结尾两句明点相思无限，只能醉入梦中，其无可奈何之情，读者自可想见。

愁情别恨是全词的主题。词人借"樱花"等景物描写作映衬，以"双鬟不整云憔悴，泪沾红抹胸"等容颜、行为描写为意象，含蓄地表现了主人公愁苦无依而又无可奈何的心情，笔意含蓄，手法高妙。

采桑子（辘轳金井梧桐晚）

【原文】

辘轳①金井梧桐晚，几树惊秋。昼雨新愁，百尺虾须②在玉钩。

琼窗春断双蛾皱③，回首边头④。欲寄鳞游⑤，九曲寒波不泝流⑥。

【题解】

宋太祖开宝四年（971），赵宋王朝灭南汉，紧逼南唐。据《南唐书·后主本纪》："冬十月，国主闻宋灭南汉，屯兵于汉阳，大惧，遣太尉、中书令韩王从善朝贡，称江南国主，请罢诏书不名，许之。"在兄弟之中，李煜排行第六，李从善排行第七，两人关系向来很好。据史书说，李从善到汴京后，赵宋王朝就把李从善软禁起来了。李煜多次上书请求放其弟回来，都没有结果。据《南唐书·后主本纪》："开宝七年冬，遣使求南楚国公从善归国，不许。"

这是一首秋怨词，是李煜怀念七弟李从善的词作。词中描写宫女思念远方的情郎，实际上是写自己的忧愁。

词中的"几树惊秋"，有的版本作"几树凉秋"。"昼雨新愁"，有的版本作"旧雨新愁"。"在玉钩"，有的版本作"上玉钩"。"回首边头"，有的版本作"回首边关"。"九曲寒波不泝流"，有的版本作"九曲寒波不溯流"。

【注释】

①辘轳：汲水的起重装置。

②百尺虾须：长长的帘子。虾须，帘子的别称。陆畅《帘》："劳将素手卷虾须，琼室流光更缀珠。"

③琼窗：精美的窗。春断：犹"情断"。春，春情，男女情爱。

④边头：边远之地。姚合《送僧游边》："师向边头去，边人业障轻。"

⑤鳞游：指书信。典出古乐府《饮马长城窟》："客从远方来，遗我双鲤鱼。呼儿烹鲤鱼，中有尺素书。"

⑥九曲寒波：指黄河。卢纶《边思》："黄河九曲流，缭绕古边洲。"不泝（sù）流：不倒流。同"溯"，逆流而上。

【译文】

在宫苑之中的一个夜晚，几棵树惊觉到秋的凉意。昼雨添新愁，长长的流苏珠帘挂在玉钩上。

窗户虽然华丽，但没有半点欢乐的气氛，女子的双眉紧皱，回头望向边疆那头，想把情话写在纸上让游鱼捎寄过去，但是九曲黄河的寒波容不得鲤鱼逆流而上。

【赏析】

这首词是写女子秋日念远，愁绪无限，离情难寄。上片着力渲染环境气氛，宫树惊秋，卷帘凝望，寓情远之思。辘轳、金井、梧桐三个物象，在古典诗词中常被用来写秋。一个"惊"字，写人的感觉，突然间"惊"觉秋日到来，把人情物象融铸在一起了。"昼雨"即秋雨，"新愁"两字点到了人，而未展开，却又宕开一笔，仍写环境，写长长的帘子高挂玉钩，这一句，由大景、远景而到小景、近景。

下片写人物的感情。从小景、近景慢慢引出人物。"琼窗"写女子倚窗而坐，双眉紧皱，面部表情恰好表现了女子的内心。她在"回首边头"的远人，不知是否已经"情断"。结两句，写想要寄一封书信，又可惜九曲黄河的寒波不会倒流，连一封书信也无可投递，这秋日里的相思相忆，无法排遣。

全篇围绕离愁别恨来写，感情由浅入深，层层递进，有力地进行了情感的抒发和情绪的渲染，语言明净自然，意境悲婉。作者手法自然，笔力透彻，尤其在喻象上独特别致，有感人的艺术力量。

采桑子（庭前春逐红英尽）

【原文】

庭前春逐红英尽①，舞态徘徊②。细雨霏微③，不放双眉时暂开。

绿窗冷静芳音④断，香印⑤成灰。可奈⑥情怀，欲睡朦胧入梦来。

【题解】

《采桑子》，又称为《丑奴儿令》，是唐教坊曲名，后用为词牌。此词调下《花草粹编》《续选草堂诗余》《古今诗余醉》中均有题作"春思"。这首词是李煜前、中期的作品，表现少妇因美好春光的流逝而感怀，又因景怀人，心中无限愁思难遣。全篇情景交融，既有正面描写，又有侧面烘托，是一首哀婉深沉的悲歌。

【注释】

①春逐红英尽：春天随着红花落尽过去了。逐，跟随。红英，红花。

②舞态徘徊：落花在空中回旋飞舞。

③霏微：迷濛。

④芳音：犹"佳音"。

⑤香印：刻有印记（计时）的香烛。白居易《酬梦得以予五月长斋

延僧徒绝宾友见戏十韵》："香印朝烟细，纱灯夕焰明。"

⑥可奈：犹"无奈"。

【译文】

春天随着庭前的红花落尽过去了，满院的红花回旋飞舞，似不舍得离开。细雨霏霏，我已经很久没有舒展眉头，此时将暂时地放开了。

绿窗居所冷冷清清，远方思念的人儿佳音也断，徒留心字形的香印化成灰烬。这心中的思念之情无可奈何，昏昏欲睡时，恍惚间心上人也进入梦中。

【赏析】

这首词描写少妇伤春怀人、相思难遣的情怀。近代词人陈廷焯将这首词的主题确定为幽怨之词。作者运用白描手法写相思之情无时不在困扰着相思的人，春尽花尽舞尽香尽梦尽，幽怨之情也表露殆尽。

词中点明了时间是暮春的一天，地点是绿纱窗内的闺房中，

主人公是宫中一个可能获得君主宠爱的宫人，内容是宫人翘首期盼君主来却一直未来，但仍然盼望着。

上片几乎都在描写眼前的景，"春逐红英"和红英"舞态徘徊"，写暮春的景象，是女子伫立"庭前"所见。"细雨霏微"，也是江南暮春的典型景象。景是实景，但又能恰如其分地表现主人公的烦恼愁绪。接着写人物双眉不展，表现其触景伤情。

下片由室外转到了室内。"绿窗冷静"是由上片的环境描写而转写女子自身的境况。女子凭倚绿窗，得不到心上人的佳音，心中一片孤寂。"香印成灰"一句，写香印烧了半天，现已烬灭成灰，暗示女子长时间地等待着，景语实是情语。结两句，说在万般无奈中，只盼能到梦中相会。现实生活中满足不了的愿望，只得寄托于梦中，引发了读者对这可怜的女子无限同情。

谢新恩（冉冉秋光留不住）

【原文】

冉冉①秋光留不住，满阶红叶暮。又是过重阳②，台榭③登临处，朱萸香坠④。紫菊气，飘庭户，晚烟笼细雨。噰噰新雁咽寒声⑤，愁恨年年长相似。

【题解】

据《历代诗余》注："单调，五十一字，止李煜一首，不分前后段，存以备制。"这首词通过写重阳节挂茱萸香坠儿的习俗抒发主人公的秋怨，依词意看，应当是李煜作囚俘后改封陇西公时的秋天所作。词的内容中有对往昔重阳节的回忆，有对眼前处境的感慨，更多的是悲愁离恨。

【注释】

①冉冉：慢慢地。古乐府《陌上桑》："盈盈公府步，冉冉府中趋。"

②重阳：农历九月初九为重阳节，又称"重九"。曹丕《九日与钟繇书》："岁往月来，忽复九月九日。九为阳数，而日月并应，俗嘉其名，以为宜于长久，故以享宴高会。"

17

③台榭：高台和水榭。

④朱萸：即"茱萸"，植物名。古时风俗，重阳节插茱萸或佩茱萸囊以辟邪。梁吴均《续齐谐记》："费长房谓桓景曰：'九月九日，汝家有灾，急令家人各作绛囊盛茱萸系臂，登高，饮菊花酒。'"香坠：即香囊。

⑤嗈嗈（yōng yōng）：同"噰噰"，鸟和鸣声。《尔雅·释诂》："关关噰噰，音声和也。"郭璞注："皆鸟鸣相和。"咽寒声：呜咽的悲声。

【译文】

留不住的秋光慢慢在消逝，满阶的红叶落入暮色中。重阳节又要到来了，登临高台和水榭远望，到处遍挂茱萸香坠。庭院中飘溢着紫菊的香味，烟笼细雨。嗈嗈鸣叫的新雁鸣咽着凄寒之声，愁恨年年如此相似。

【赏析】

开篇"冉冉秋光留不住，满阶红叶暮"两句写秋光渐去，而作者又没有能力挽留，而"满阶红叶"自然也唤不出"霜叶红于二月"的喜悦。句末的"暮"字，既写出了时光变化，又写作者心情黯淡，细味其内涵，又有慨叹自己光阴虚掷，又经一年之意。下接"又是"，一个"又"，透露出作者独处已非一年。重阳佳节，登台临谢，当是当年作者值得纪念和回忆的时节和地方，可今年呢？恐怕是"遍插茱萸少一人"，只能独自登临。接下来再写暮秋景色，"茱萸"是近观所见，"晚烟"一句写远望所及，形成一幅晚秋烟雨图画。结两句从听觉写，又闻新雁咽寒之声，雁是候鸟，一年一来回，照应了首句"秋光留不住"。在这嗷嗷雁声中，作者不禁想到自己无人作陪，只有"愁恨"相伴，而且年年如此。词在情景交融中结束了，给读者留下无尽的回味。

　　这首词通篇以写景为主，从"满阶红叶暮"到"晚烟笼细雨"，上下片之间没有明显的过渡。《词谱》所载《谢新恩》的词虽然不止一种，但很少见像这首这样用仄韵的。刘继增《南唐二主词笺》注曰："此阕不分段，亦不类本调，而他调亦无有似此填者。"所以历来对这首词分段和断句的异说颇多，莫衷一是。

蝶恋花（遥夜亭皋闲信步）

【原文】

遥夜亭皋闲信步①，乍过清明，早觉伤春暮。数点雨声风约②住，朦胧澹月云来去。

桃李依依春暗度③，谁在秋千，笑里低低语。一片芳心④千万绪，人间没个安排处。

【题解】

《蝶恋花》，唐教坊曲名，采用梁简文帝萧纲乐府《东飞伯劳歌》中"翻阶蛱蝶恋花情"句"蝶恋花"三字为名。这首词表面上写少妇伤春，实际上是抒发词人的闲愁，从词意上看，当属李煜前期作品。

全篇多运用白描手法写主人公感伤春景，忧怀自伤的情绪，一切景语皆为情语。"早觉"，《历代诗余》《全唐诗》《古今词统》等本作"渐觉"。"桃李"，《古今词统》《词的》《尊前集》《类编草堂诗余》等本作"桃杏"。此词于《唐宋诸贤绝妙词选》《词的》《类编草堂诗余》《古今诗余醉》等本调名下均有题作"春暮"。

【注释】

①遥夜：长夜。白居易《和谈校书秋夜感怀呈朝中亲友》："遥夜

凉风楚客悲，清砧繁漏月高时。"亭皋（gāo）：水边平地。司马相如
《上林赋》："亭皋千里，靡不被筑。"信步：闲步。

②约：约束。

③依依：轻柔的样子。陶潜
《归田园居》："暧暧远人村，依
依墟里烟。"暗度：悄悄地过去。

④芳心：春心，女子的心。

【译文】

长夜在庭院的水池边悠闲地
漫步，清明刚过，已能隐约地感
觉到春天已到尽头。天空中突然
飘起零星的小雨点，但是很快就
被风吹跑了，朦胧澹月在云间来
来去去。

尽管桃花李花开得很美，但
是春天依旧悄悄地离去了。不知
是谁在荡秋千？笑着轻轻地说
话。她们欢乐的情绪引起我无限
的感慨，而我的心又该往人间何
处安放呢？

【赏析】

这首词写的是女子伤春感
怀。上片写月下散步以消愁。

"遥夜"写出漫漫长夜中，女子无心睡眠，到水边平地散步。这句点明时、地、事，又侧重人物活动的描写。"闲"字，更写出女子的孤寂。下两句点出"伤春"。"乍过清明"未及春暮，故言"早觉"，景意由心生，正是因为女子心中愁苦才说暮春早到，写出女子愁之深。"数点"句写夜景，一是写女子所见，二是用以衬托女子的哀伤。闲步消愁而愁未消，下片写女子更多的愁绪。一年一度的桃李花开了又谢，慨叹春光和青春易逝。一个"暗"字含蓄地点出女子的伤怀。"谁在秋千"句写有人正在秋千架旁低声笑语，可能是一对情人，更反衬出女子的孤寂落寞。结句"人间没个安排处"，极言女子没有依靠的空虚和落寞。

整首词表现作者内心的悲哀与情绪的流动。这种内心深处的生命感伤，既是作者"遥夜信步"的缘由，又是"早觉伤春"的心态。这样的伤春之情，没来由，也无去处，凡事凡物无不在感伤之中。而这样一种情绪的描写，很难用结构的方法来表达。作者拈出"芳心"二字，与"伤春"作呼应，读者也就恍然大悟。也许这就是李煜词的高明之处，既写出情绪的飘忽不定难以捉摸，又留下内在的感情线索让读者可以去追溯。

喜迁莺（晓月坠）

【原文】

晓月坠，宿云微①，无语枕频欹②。梦回芳草思依依③，天远雁声稀。

啼莺散，余花④乱，寂寞画堂⑤深院。片红休扫尽从伊，留待舞人归。

【题解】

《喜迁莺》，又名《鹤冲天》《万年枝》《春光好》《雁归来》等，小令调，起于唐。这首词是李煜前期作品，描写对远方人的思念。全词开始以"无语"点明了冷寂的基调，近景中有远梦，意象多但有序，相思烦而不乱，空灵淡远与自然清疏兼具，成功地展现出一个因情而黯然伤神的思人形象，是一篇十分成功的佳作。"晓"，侯本二主词作"晚"。"坠"，晨本二主词作"堕"。"宿云"，《历代诗余》《尊前集》《词谱》中均作"宿烟"。"频"，侯本二主词、晨本二主词、吴本二主词、《花草粹编》均作"凭"。

【注释】

①宿云微：夜云轻淡。

②欹（qī）：通"倚"。

③梦回：梦醒。芳草：指香草，亦比喻美德。

④余花：残花。

⑤画堂：形容用彩画装饰的厅堂。

【译文】

清晨时分，月亮慢慢落下，昨夜的云雾也在渐渐消退。沉默无言中，倚靠着枕躺在床上。昨夜又梦见那个人，思念之情久久难去。依稀听到远方大雁的叫声。

莺声飞散，晚春的花丛纷乱无绪，有一种说不出的孤寂弥漫在画堂深院里。一个人孤零零地在院中徘徊，见到庭前的落花，心中不禁想：就随它去吧，不要打扫，等待我思念的人回来看。

【赏析】

这首词写于暮春时节，时间是拂晓以后，地点在深院的画堂中，主人公是一个独居的少妇，埋怨外出的人到了暮春时节还未归来，已经失去了共同赏春的机会。

上片中，"晓月坠"写主人公清晨刚从睡梦中醒来，见到月亮刚刚落下。空中还有昨晚轻淡的云彩。下接"梦回"，补充了"雁声惊梦"和醒后"无语"。"无语"，说她在回想，想的是梦中欢娱，醒后惆怅，只是没有明写出来，包藏在"思依依"之中。下片用"莺散""花乱"等表现主人公内心的寂寞。"莺"和"花"是景语，也是情语。最后以"片红"的心理描写作结，表达对未来重会的希望：就让这一地的落红铺在地上，不要扫去，说不定心上人儿回来的时候能看见呢。可见主人公的一往情深。这首词上下片前两句都是景语，后三句都是情语，情景交融，收到了极好的艺术效果。

临江仙（樱桃落尽春归去）

【原文】

樱桃落尽春归去，蝶翻轻粉①双飞。子规②啼月小楼西。玉钩罗幕，惆怅暮烟垂。

门巷寂寥人散后，望残烟草低迷③。炉香闲袅凤凰儿④，空持罗带⑤，回首恨依依。

【题解】

据《西清诗话》："后主围城中作此词，未就而城破。尝见残稿，点染晦昧，心方危窘，不在书耳。"宋太祖语："李煜若以作诗工夫治国事，岂为吾虏也！"从这首词来看，这番话也是有道理的。这首词是李煜于开宝八年（975）春夏在围城中所作，是一首春怨词，借怨妇之口表达自己的无奈和愁恨。全词中到处透露着低迷不振的情绪，悲叹之声近乎哀鸣，能看得出大祸临头的恐惧。

【注释】

①蝶翻轻粉：《道藏经》："蝶交则粉褪。"按：这里的"轻粉"，即"粉褪"之后。又按：蝶交粉褪，正指"春归去"景象。

②子规：古名，指杜鹃。

③低迷：模糊。

④闲袅：指香烟缭绕上升。凤凰儿：凤凰形的香。

⑤罗带：丝带。

【译文】

当樱花落尽之时，春已逝去，蝴蝶翻飞，翅如金粉，双双飞舞。小楼之西，残月之下，杜鹃啼血。侧身倚靠着楼窗的玉钩罗幕瞭望，看着幕烟低垂，不住地惆怅。

人散之后，门巷寂寥，望着萋迷的烟草。凤凰炉儿香闲袅，心不在焉地持着丝带，回首时，离恨依依。

【赏析】

词写主人公的春暮愁恨。迷幻而不可捉摸的景物，迷茫而捉摸不透的心情是这首词的基调。

上片开端连用"樱桃落尽"和"蝶翻轻粉"两个物象，写尽春天繁华的凋零和消逝。"玉钩"句转换了描写空

26

间，把读者带入室内环境。主人公倚窗再望，只见暮烟四合。这一天"望"下来，不见远人，平添无限惆怅。

下片再接着写人已经散去，门巷之中不堪寂寥。时闻更晚了，远望只能见芳草萋萋、烟雾迷蒙，其失落和惆怅，全包含在景语之中。一炉香烟，正自袅袅娜娜地上升，更加撩拨了主人公此时的愁怨。结尾两句，写主人公的动作，"空持罗带"，这罗带是永结同心的象征，而如今罗带还在，身边却已空空，自然地结出"回首恨依依"一句，无限余韵，尽在这一句之中。

捣练子令（深院静）

【原文】

深院静，小庭空，断续寒砧①断续风。无奈夜长人不寐，数声和月到帘栊②。

【题解】

开宝八年（957），南唐被宋朝灭国，李煜被俘，囚禁于汴京，成为宋太祖赵匡胤的阶下囚。李煜从此过起了忍辱负重的囚禁生活。李煜的词以被俘为界，分为前后两期，后期的词多是表达亡国之痛。《捣练子令·深院静》正是后期作品。《花草粹编》在调名下题作"闻砧"。《词的》中题作"本意"。《续选草堂诗余》《古今诗余醉》《古今词统》中题作"秋闺"。《历代诗余》于调名下注曰："一名《深院月》，又名《深夜月》。"杨慎《词品》中言："李后主词，词名捣练子，即咏捣练，乃唐词本体也。"可见，此词调名应该始于李煜。这首词描写的是主人公因寒夜捣衣之声而引起的离怀愁绪。

【注释】

①砧（zhēn）：捣衣石。这里指捣衣声。

②帘栊：挂着竹帘的格子窗。

【译文】

夜深人静，小院里一片空寂，断断续续的夜风吹来断断续续的捣衣声。漫漫长夜，无心睡眠，只好数着声音，看月光慢慢爬上窗格。

【赏析】

这首词写寂静的夜晚听到断断续续捣衣声的失眠者的内心感受。"小庭"暗示主人公的居处。"静"和"空"，交代了时间是在深夜。下接"断续寒砧断续风"写主人公深秋之夜一个人独听砧声。古代"捣练"（捣衣）常和"秋"连在一起，这里用"寒"字点明。风声断续，所以风声吹来的砧声也断断续续，送入耳中。这三句，有动有静，以动衬静，衬托了主人公的孤寂。最后"无奈"句写到人。"人不寐"，又"无奈夜长"，充分表现了主人公的百无聊赖。结尾句"数声和月到帘栊"，写无处不在的月光，秋意，一起渗透到人的心中。全词虽没有写到"愁""怨"二字，但人的愁怨贯穿在全词中。

清平乐（别来春半）

【原文】

别来春半①，触目愁肠②断。砌③下落梅如雪乱，拂了一身还满。

雁来音信无凭④，路遥归梦难成。离恨恰如春草，更行更远还生。

【题解】

这首词是李煜触景生情怀念亲人，牵挂其弟从善入宋不能归的忧思难禁之作。据陆游《南唐书》卷十六《从善传》记载："从善字子师，元宗第七子。开宝四年遣京师，太祖已有意召后主归阙，即拜从善泰宁军节度使，留京师，赐甲第汴阳坊。后主闻命，手疏求从善归国。太祖不许，以疏示从善，加恩慰抚，幕府将吏皆授常参官以宠之。而后主愈悲思，每凭高北望，泣下沾襟，左右不敢仰视。由是岁时游燕，多罢不讲。"这就是这首词的写作背景。

【注释】

①春半：春天过去一半。

②愁肠：忧思郁结的心肠。

③砌：台阶。

④"雁来"句：用雁足传书故事。无凭：意为"没有书信"。

【译文】

自从分别以来，春天已经过去一半，离别已久，见到任何美景都只感到愁肠寸断。台阶下落了一地的梅花，零乱似雪，刚刚把身上的梅花抖落，又落满了一身。

大雁已经飞来，但是却没有捎来我期盼的书信。然而路途遥远，回家之梦也难以实现。我这思念亲人的愁绪像这春草一样，离家越远，生得就越多，越无法止歇。

【赏析】

上片中，"砌下"句中"落梅如雪乱"是借景乱突出主人公此刻心乱如麻，生动形象地描摹出了词人心中的焦虑、忧愁，塑造了一个思人的愁苦形象。下一句中的"拂"字，表明主人公有意抑制思绪的念头，但一个"满"字，暗示主人公心中

的无奈、企盼和深深的思念无法抑制。

　　下片中，"路遥归梦难成"句，看似违背常理，却恰恰说明愁深。人做梦无所谓路途远近，再远的地方在梦中也可抵达，而词人却说路遥归梦难成，可见李煜是多么思念自己的七弟，而又多么怨恨路遥阻隔了兄弟两人。最后两句用春草象征离愁别绪的绵绵不断，比喻贴切，韵味悠长。以春草喻离愁在李煜之前已多有之。如古诗："青青河边草，绵绵思远道。"白居易《赋得古原草送别》："离离原上草，一岁一枯荣。野火烧不尽，春风吹又生。远芳侵古道，晴翠接荒城。又送王孙去，萋萋满别情。"

菩萨蛮（铜簧韵脆锵寒竹）

【原文】

铜簧韵脆锵寒竹①，新声慢奏移纤玉②。眼色暗相钩，秋波横欲流③。
雨云④深绣户，未便谐衷素⑤。宴罢⑥又成空，魂迷春睡中。

【题解】

俞陛云说："《古今词话》云，词为继后作也。幽情丽句，固为侧艳之词，赖次首末句以迷梦结之，尚未违贞则。"这首词是后主生活的一个片段。词中演奏乐曲的美人与后主暗送秋波，互示爱慕。整首词大胆直露男欢女爱，不拘小节，虽似是一场艳遇，但绝非淫词。

"秋波"一词在《词林纪事》作"娇波"。"未便"在《全唐诗》等本作"来便"。"魂迷"，《全唐诗》《历代诗余》等本作"梦迷"。《古今词选》《续选草堂诗余》在调下题作"宫词"。

【注释】

①"铜簧"句：是"铜簧韵脆，寒竹声锵"的缩语。铜簧、寒竹，代指笙。笙，编竹管列置瓠中，布铜簧于管底。"韵脆"和"锵"，言其发声清脆。

②新声：新制的乐曲。移纤玉：手指移动。纤玉，犹"玉纤"，指

女子的手指。和凝《山花子》："娅姹含情娇不语，纤玉手，抚郎表。"

③"眼色"两句：有"眉目传情"的意思。

④雨云：比喻男女欢爱。

⑤谐衷素：谐和真情。

⑥宴罢：欢乐完结之后。

【译文】

管簧乐器吹奏出清脆之声，美人灵活地移动着纤纤玉手舒缓地演奏着新制乐曲。眼中生出的情愫暗自钩连在一起，秋波横转，那情感好像要溢出来一样。

虽然在精美的居室中欢爱一场，但彼此未及充分地表露真情。宴会结束，一切又成空，望着绵绵春雨，如同在梦里，令人迷茫。

【赏析】

这首词似乎在写一段乍逢即分的艳遇。

从上片可以看出，女主人公色艺双全。词的开端即推出热闹的演奏现场："铜

簧韵脆锵寒竹，新声慢奏移纤玉。"种种新颖美妙的乐音，都出自那双"纤玉"，美丽的手的主人。词人煞费苦心地渲染这位女子的才艺之后，随即渲染她动人的魅力："眼色暗相钩，秋波横欲流。"眼波如秋水横流，散发着动人的光芒。值得注意的是，"暗相钩"固然写出了美女的情态，但也使得美女平添了几分风尘气。

　　美人的魅力既然势不可挡，下片"雨云深绣户"自然也就顺理成章。欢爱之后，词人遗憾的是"未便谐衷素"，以没有情感的充分交流为遗憾，这符合词人的身份。而"宴罢又成空，梦迷春雨中"，短暂的拥有之后又转眼成空，回忆相会一场，宛若一梦，只剩下词人怅惘的心情，以及眼前春雨蒙蒙的天空。

　　这首词的内容，可以印证李煜生活的若干片断——因为乐舞耽误政事，大臣进谏，虽然奖赏但不听从。如此，我们看李煜词中频频出现的歌舞场面，恐怕都不是虚构了。因此说，李煜是一个好词人，但非好君主。

一斛珠（晓妆初过）

【原文】

晓妆初过，沉檀轻注些儿个①。向人微露丁香颗②。一曲清歌，暂引樱桃破③。

罗袖裛残殷色可④，杯深渐被香醪涴⑤。绣床斜凭娇无那⑥。烂嚼红茸⑦，笑向檀郎⑧吐。

【题解】

《一斛珠》，词牌名，出自唐人曹邺传奇《梅妃传》，写的是唐玄宗赠予爱妃江妃密封珍珠一斛，江妃作了一首诗婉拒："长门自是无梳洗，何必珍珠慰寂寥。"玄宗有些不悦，命人将此诗谱乐府曲唱之，赐名"一斛珠"，曲名由此开始。这首词，《古今诗余》《古今词统》题作"咏佳人口"，《历代诗余》题作"咏美人口"，由此可知这是一首描写歌女情态的词。全篇对歌女音容笑貌的描写活灵活现，有一种未见其人却胜似亲见其人的感觉。从词意来看，应当是李煜前期的作品。

【注释】

①沉檀：口红。注：点。敦煌曲子词《破阵子》："香檀枉注歌唇。"些儿个：唐时俗语，少许。

②丁香颗：喻指女子的牙。

③暂：《醉翁琴趣》外篇中作"渐"。樱桃：喻指女子的口。白居易诗："樱桃樊素口，杨柳小蛮腰。"

④罗袖：丝罗衣的袖口。裛（yì）残：挹抹。殷色可：红得可爱。

⑤杯深：斟酒斟得很满。香醪（láo）：香酒。浣（wò）：沾污。

⑥娇无那：娇媚无比。

⑦红茸：即"红绒"。

⑧檀郎：唐宋时女子称丈夫或恋人为"檀郎"。李贺《牡丹种曲》："檀郎谢女眠何处，楼台月照兼夜女。"明曾谦益注："潘安小字檀奴，故妇人呼所欢之人为檀郎。"

【译文】

梳妆之后，在唇上点了一抹红膏。美人轻启朱唇，唱起一首清亮动听的歌。

美人用丝衣袖去挹抹唇边的残酒，口红染上了衣袖，红得更可爱了。酒杯很深，又被香甜的酒注满，不得不喝，所以醉了。

娇媚可爱地斜躺在绣床上，在烂嚼红绒后，就一面笑着，一面向心上人吐去。

【赏析】

这首词写一个歌女的出场和终场，内容本无可取，但在章法和细节描绘上却很有特色，是一篇写人的成功之作。

全词上下片共十句，分咏四事：晓妆、唱歌、饮酒、调情。晓妆，只抓住点唇一事，"沉檀轻注"和"些儿个"，都为下文樱桃小口做铺垫。口小，在古代审美中为美，所以只能"轻注些儿个"。唱歌，必须张口，张口则必露齿，这里用"微露"，又一次强调小口，用字精当。唱歌了，一张口，"樱桃"就一时"破"了，极形象。饮酒，酒杯斟满而溢，忙用衣袖去挹抹，衣袖又印上了口红，也红得可爱。调情，女子斜凭绣床，向"檀郎"笑吐红茸，娇态可掬。词透过这四层四事，把一个歌女的娇态活泼地呈现在读者面前。

渔父（二首）（浪花有意千重雪）

【原文】

其一

浪花有意千重雪，桃李无言一队春。一壶酒，一竿身，世上如侬①有几人？

其二

一棹②春风一叶舟，一纶茧缕一轻钩③。花满渚④，酒满瓯⑤，万顷波中得自由。

【题解】

此词调名《渔父》，《历代诗余》中作《渔歌子》。《词谱》云："唐教坊曲名。按《唐书·张志和传》曰：'志和居江湖，自称烟波钓徒。每垂钓，不设饵，志不在鱼也。宪宗图真求其人，不能致。尝撰渔歌，即此调也。'"《诗话总龟》："予尝于富商高氏家，观贤画盘车水磨图，及故大丞相文懿张公第，有春江钓叟图，上有南唐李煜金索书《渔父词》二首。"又《宣和画谱》卷八："卫贤，长安人，江南李氏时为内供奉，长于楼观人物。尝作《春江图》，李氏为题《渔父词》于其上。"由此可知，渔父词是李煜的题画词作。这首词应当是李煜还未即位之时的早期作品。那时，文献太子为了保住自己继承权，毒死了自己的叔父，又嫉妒弟弟李煜的才华。李煜为了消除文献太子的猜疑，在表面上表现出一副与世无争、消极遁世的样子，这两首《渔父词》反映的就是他这个时期的心态。

【注释】

①侬：吴语，我。

②一棹（zhào）：一桨。棹，划船的一种工具，形状和桨差不多。

③一纶：一条钩丝。茧缕：蚕丝。

④渚（zhǔ）：水中的小块陆地。

⑤瓯（ōu）：盆盂一类的瓦器。

【译文】

其一

浪花卷起千万重飞雪，桃李无言绽放，形成一队队春花。只需要一壶酒，一竿纶丝，在世上有几人如我一样自在快活呢？

其二

春风中泛舟，一边饮酒，一边垂钓。花铺满水中小洲，酒注满手中杯盏，我在万顷波涛中获得了无尽的自由。

【赏析】

第一首词开篇入画，写春江浪涌，春光明媚，当是画中景象。春江潮涨，故有"千重雪"之喻；桃李花开，似春光列队而来，至于"有意"和"无言"，则是词人主观的感受。后两句的意思明白如话，表现出对渔父人与自然合而为一的悠闲生活的艳羡。

第二首，同样在前四句客观写景的基础上，充分表示自己要生活得简单再简单，无所多求。修辞上却毫无重复累赘之感，只有轻快活泼之趣。

这两首词与李煜后期的词风格迥然不同，是少有的毫无愁怨、轻松快活的词作。

浣溪沙（红日已高三丈透）

【原文】

红日已高三丈透，金炉次第添香兽①。红锦地衣②随步皱。

佳人舞点③金钗溜，酒恶④时拈花蕊嗅。别殿⑤遥闻箫鼓奏。

【题解】

《浣溪沙》，唐教坊曲名，因为西施曾在若耶溪浣纱而得名，所以又称为《浣纱溪》。这首词是李煜刚刚即位后的作品，此时的李后主没有思想上的负担，作品多是帝王奢华生活和淫靡享乐的真实写照，自由大胆，无所顾忌。金陵城号称六朝金粉，这首词充分体现了这一点。

【注释】

①金炉：铜炉。次第：依次。苏轼《食荔枝二首》（其二）："罗浮山下四时春，卢桔杨梅次第新。"添香兽：添香。香兽，兽形的香炉。洪全《香谱》："香兽以涂金为狻猊、麒麟、凫鸭之状，空其中以燃香，使香自口出，以为玩好。"

②地衣：地毯。白居易《红线毯》："地不知寒人要暖，少夺人衣作地衣。"

③舞点：随着音乐的节拍舞蹈。

④酒恶：酒醉。

⑤别殿：正殿以外的宫殿。

【译文】

红日升到三竿，红彤彤的光芒透进来，照亮了辉煌的宫殿，精致的香炉中已经依次添入了香料，红锦地毯随着步伐起皱。

佳人舞到极处，发髻松散，金钗滑落而不自知，词人酒醉，时不时拈花蕊嗅着来解酒意，远远听到别殿在演奏箫鼓。

【赏析】

这首词写宫廷生活的奢靡。首句"红日已高三丈透"，写词人晏起，暗示因昨夜征歌逐舞，到深夜才就寝的情状。次句"金炉次第添香兽"，接"晏起"之后，写宫女们依次往金炉里添加燃香，为听歌赏舞做准备。"红锦地衣随步皱"，写地毯随舞步而皱，正写舞蹈之狂态。

下片"佳人舞点金钗溜"，再写舞态之轻狂，金钗溜脱，也全然不顾。"酒恶时拈花蕊嗅"，写酒醉后嗅花醒酒，其奢华靡费，已到极致。末句宕开写"别殿"，从遥闻其声写来，则正殿里的奢靡，在别殿也一样，体现了南唐宫殿处处是歌舞笙箫。

李煜写这首词，是带着一种欣赏和满足的感情的。他沉醉于歌舞享乐的精神状态，也表现得淋漓尽致，同时也赤裸裸地暴露了南唐朝廷的腐朽没落。

玉楼春（晚妆初了明肌雪）

【原文】

晚妆初了明肌雪①，春殿嫔娥鱼贯列②。凤箫吹断水云间③，重按《霓裳》歌遍彻④。

临风谁更飘香屑⑤，醉拍阑干情味切。归时休放烛花红，待踏马蹄⑥清夜月。

【题解】

陆游《南唐书》曰："昭惠国后周氏，小名娥皇，通史书，善歌舞，尤工琵琶……尝雪夜酣宴，举杯请后主起舞，后主曰，汝能创为新声则可矣。后即命笺缀谱，喉无滞音，笔无停思，俄顷谱成，所谓'邀醉舞破'也。又'恨来迟破'，亦惠后所制。故唐盛时，霓裳羽衣最为大曲。乱离之后，绝不复传。后得残谱，以琵琶奏之，于是开元天宝之遗音复传于后世。"后主是才华横溢的词人，又有两位貌美情深、精于音律歌舞的夫人，无怪乎他要沉湎于歌舞美人中了。这首词写于后主在位时，反映了宫廷中享乐的生活。

【注释】

①明肌雪：肌肤光亮如雪。

②"春殿"句：从李白《越中览古》"宫女如花满春殿"化出。嫔娥：宫女。鱼贯列：依次成行排列。

③凤箫：排箫。《风俗演义》："舜作'箫韶九成，凤凰来仪'。其形参差，象凤之翼。"吹断：声尽。水云间：水云相接之处。

④重按《霓裳》：一再按奏《霓裳羽衣曲》。《霓裳》，唐宫廷舞曲《霓裳羽衣曲》的简称。歌遍彻：唱完大遍中的最后一曲。遍，大遍。宋沈括《梦溪笔谈·乐律》："所谓大遍者……凡数十解，每解有数叠者。"《霓裳曲》凡十二叠，前六叠无拍，至第七叠方谓之叠折，自此方有拍而舞。"又，白居易《霓裳羽衣歌》自注云："《霓裳》曲破凡十二遍而终。"彻，即大遍中结尾部分（曲破）的最后一遍。

⑤香屑：香粉。李商隐《李夫人歌》："蛮丝系条脱，妍眼和香屑。"

⑥踏马蹄：策马而行。

【译文】

妃嫔宫女们画好了晚妆，一个肌肤似雪，明媚动人，她们鱼贯而入，准备在春殿

之上一展自己的美丽和才华。凤箫声悠扬动听，不断演奏着《霓裳羽衣曲》，乐声一直传到水云之间。

临风当前，香料的气味随风飘散，醉拍阑干，其情味深切。归去时不要燃亮烛花焰火，且待骑马踏着清夜月归去。

【赏析】

这首词写后主在位时，春夜宫中行乐之事。上片写歌舞盛会的景况。开头两句写宫女群像，"晚妆初了"，一个个肤若白雪。"鱼贯列"则言明妃嫔宫女的数量之多，而且是成行成列地在奏乐、歌舞。"凤箫"两句，写歌舞盛况。箫声悠远，声尽时如至水云之间，可谓精到之极。凤箫声尽之后，一再地演奏气势恢宏的《霓裳羽衣曲》，同时加上歌唱，唱到最后一"遍"，歌舞盛会，到达高潮。

下片写词人自己的感受。"临风"两句，似是高潮后的余波。在歌舞盛会上激起的感情波澜尚未平息，不禁"醉拍阑干"，回味着欢娱情味。结尾两句，忽然宕开，写归去。"休放烛花红"，是传言不要点燃红烛，因为他要趁着清夜明月，骑在马上，踏月而归。结句与前面的浓墨重彩形成鲜明对比，以疏淡清放的笔墨收束全篇，非大手笔不能如此。

子夜歌（寻春须是先春早）

【原文】

寻春须是先春早，看花莫待花枝老。缥色玉柔擎①，醅浮盏面清②。
何妨频笑粲③，禁苑④春归晚。同醉与闲评，诗随羯鼓⑤成。

【题解】

此词调名《历代诗余》中作《菩萨蛮》。这首词写李煜和后宫嫔妃
们赏花饮酒的享乐生活，是李煜在位时前期的作品。宫廷的享乐生活
是李煜前期作品的主要内容，在花开似锦的宫廷中，与众美人饮酒赋
诗、赏玩美景，充分表现了李煜这个文人皇帝不思进取、沉迷享乐的
形象。

【注释】

①缥（piǎo）色：这里特指淡青色的酒。玉柔：指女子的手。擎：
举起。

②醅（pēi）：本义为未经过滤的酒，这里指酒。浮：上浮。这里
特指酒漫上杯口。

③粲（càn）：露齿而笑。《谷梁传·昭公四年》："军人粲然皆笑。"

④禁苑：皇宫中的苑囿。

⑤羯（jié）鼓：古打击乐器。唐南卓《羯鼓录》："其制如漆桶，下以小牙床承之，击用两杖。"

【译文】

寻觅春天的美景要趁早，想要欣赏春花，莫等待花枝老去。佳人玉手举着浅绿色的酒，杯中的美酒漫上了杯口。

频频开怀大笑又有何妨，在这皇宫禁苑的春日中，纵是短暂春光，好像也放慢了离去的脚步。醉眼朦胧之中，众人闲谈雅论，觥筹交错之中，一通羯鼓罢，一首诗篇就此完成。

【赏析】

这首词写了李后主早年间与美人饮酒赋诗，寻欢作乐的闲适生活，是李煜宫廷生活的另一个侧面。开篇"寻花"句似从唐杜秋娘《金缕衣》"花开堪折直须折，莫待无花空折枝"脱出，但《金缕衣》是劝人珍惜时光，而李煜在这里却强取及时行乐之意。其中的"春"和"花"都有双重含义，既指春日的良辰美景，又指人之青春美貌，并非当真"寻春"和"看花"。"缥色"句写饮酒。从"玉柔擎"和下片"同醉"看，应当是与美人同饮美酒。

下片"何妨"一词写出宴饮更加放浪，在饮酒调笑之间，甚至觉得连最易逝去的春色的脚步都放慢了。"同醉"两句，写赋诗与随意评论，而且还以羯鼓声停为限，也反映了其寻欢作乐的一种方式。

菩萨蛮（二首）（花明月暗笼轻雾）

【原文】

其一

花明月暗笼轻雾，今宵好向郎边去。刬袜①步香阶，手提金缕鞋②。画堂③南畔见，一向④偎人颤。奴为出来难，教君恣意怜⑤。

其二

蓬莱院闭天台女⑥，画堂昼寝无人语。抛枕翠云光⑦，绣衣闻异香。潜来珠琐动⑧，惊觉银屏梦。慢脸⑨笑盈盈，相看无限情。

【题解】

《菩萨蛮》又名《子夜歌》《巫山一片云》，唐教坊曲名。这应该是李煜词中最香艳的一首。李煜先后娶过两位皇后。18岁的李煜未登帝位时娶了大司徒周宗19岁的女儿周娥皇，就是后来的"大周后"。十年后的十月，大周后病卒。四年后，又娶了周娥皇的亲妹妹周嘉敏（小字女英），是为"小周后"。据说，在大周后患病之时，小周后就已经入宫。据陆游《南唐书》记载："初后寝疾，小周后已入宫。后偶褰幔见之，惊曰：汝何日来？小周后尚幼，未知嫌疑，对曰：既数日矣。后恚，至死，面不向外。"实际上，这首词写的就是李后主与小周后幽

会的情景，可视为后主与小周后的爱情词。词中感情真实生动，描写
细致，形象十分动人。

【注释】

①刬袜：只穿着袜子。

②金缕鞋：绣有金线的鞋。

③画堂：形容用彩画装饰的厅堂。

④一向：长时间。

⑤恣意：任意。怜：爱怜。

⑥蓬莱院：想象中的仙境，从蓬莱三山而来。蓬莱和方丈、瀛洲合称三神山。《汉书·郊祀志上》："自威、宣、燕召使人入海求蓬莱、方丈、瀛洲，此三神山者，共传在渤海中。"这里借指小周后的居处。天台女：相传东汉永平年间，刘晨、阮肇同入天台山采药，遇二仙女，留住半载。后以指仙女。这里借指小周后。

⑦翠云光：指女子光亮的头发。

⑧潜来：暗自前来。珠琐

动：门环响动。珠琐，饰有珍珠的门环。

⑨慢脸：形容女子娇美的容颜。慢：同"曼"。《楚辞·招魂》："蛾眉曼睩"。王逸注："曼，泽也。"

【译文】

其一

今天晚上，花开明丽，月色暗淡，轻雾笼罩，正好到所爱的人那里去。穿着袜步行在香阶上，手中提着金缕鞋。

两人终于在画堂南畔相见了，女子娇羞地依偎在恋人怀里，身体微微颤抖，好一会儿才从偷偷相会的紧张情绪中缓过来。女子轻轻地说："相会不易，请您任意地爱怜我吧！"

其二

貌若天仙的小周后独居幽深的庭院，在画堂午休时，静寂无声。枕头抛到一边，秀发虽然散乱地披在上面，但是美丽而有光泽，散开的衣服散发出阵阵异香。

后主悄悄地来弄响珍珠门环，惊醒了银色屏风旁的睡梦。一看是心中所想之人，便满脸笑意相迎，两人久久相视，有着无限深情。

【赏析】

据马令《南唐书·女宪传·继室周后》记载，第一首是李后主与小周后（昭惠后之妹）幽会的情景。昭惠后患病，妹妹小周后进宫探望，与李后主日久生情，于是两人开始幽会之事。首句写环境，娇花吐艳，月色朦胧，再加薄雾弥漫，把花月都笼罩其中，有一种朦胧的美，正是男女幽会的好环境。下接"今宵"句，表现了小周后的心理活动。"划袜"句更生动地表现出小周后此时的兴奋、紧张又怕人发现的复杂心理，所以她脱掉了金缕鞋提在手里，穿着袜子走在香阶上。下片写见了李煜之后，在"画堂南畔"，久久依偎在情人的怀抱中，身体一直微微颤抖。一个"颤"字，把久久期盼后终于得见，但又因偷情密约而紧张，余悸未平等种种情绪，都包容在内了。结尾两句，是小周后向李煜的告白。"出来难"，当是事实，因为"难"，所以要更加珍惜这次相见，因此要"教君恣意怜"。

　　第二首也写李煜与小周后幽会情事，不过是以李煜的角度来写。上片写貌美的小周后独处画堂，在"蓬莱"中"院闭"，又"无人语"，见其寂寞无聊，只以"昼寝"消磨长日。"抛枕"应当是李煜目之所见，只见她抛开枕头，散开了头发，睡得正浓。"绣衣"句写罗衣上散发的阵阵异香都可闻见。这两句已经表现出"潜来"的情景。下片写幽会。"潜来"两句写得含蓄而生动。李煜是偷偷来的，正在仔细观望时，不小心弄响了门环，惊醒了小周后。睡眼朦胧的小周后看见是李煜，马上以笑脸相迎，两人沉浸在无限的幸福之中。

谢新恩（秦楼不见吹箫女）

【原文】

秦楼不见吹箫女①，空余上苑②风光。粉英含蕊自低昂③。东风恼我，才发一衿香④。

琼窗⑤梦笛留残日，当年得恨何长！碧阑干外映垂杨。暂时相见，如梦懒思量。

【题解】

这首词写李后主对已经逝世的大周后的怀恋之情。据记载，李煜18岁便迎娶了南唐开国老臣周宗的长女娥皇，即位后立为昭惠皇后。昭惠后温婉贤淑，擅歌舞又通书史，两人的关系一直很好。婚后十年昭惠后染病去世，李煜十分悲痛。他在《挽辞》中写道："秾丽今何在，飘零事已空，沈沈无问处，千载谢东风。"在《感怀》诗中写道："又见桐花发旧枝，一楼烟雨暮凄凄。凭阑惆怅人谁会，不觉潸然泪眼低。"都是写见春花而思人，见春景而悲伤，去年春色依然来，赏花丛中少一人，与这首词中"秦楼不见吹箫女，空余上苑风光""碧阑干外映垂杨"的情景是相同的。

【注释】

① "秦楼"句：《列仙传》有萧史、弄玉故事。萧史善吹箫，能作鸾凤之音。秦穆公之女弄玉也好吹箫，穆公遂将其嫁与萧史，并筑凤台以居之。数年后，弄玉乘凤，萧史驾龙仙去。这句即用其事，喻指昭惠后的亡逝。秦楼：即秦穆公所筑凤台。这里借指南唐宫苑。吹箫女：即弄玉。这里借指昭惠后。

② 上苑：供帝王玩赏打猎的园林。

③ 粉英含蕊：红花含蕊乍放。低昂：高高矮矮。

④ 才发一衿（jīn）香：指花儿初放，才发出袭人衣襟的一阵芳香便败了。衿，同"襟"。

⑤ 琼窗：指精致华美的窗子。琼，美玉，这里指精美。

【译文】

秦楼上已经不见了吹箫的仙女，只留下空荡荡的上苑的风光。东风随意吹拂，粉英金蕊的花儿随风绽放，无人欣赏，才发出一阵袭

人衣襟的芳香便败落了。

　　琼窗锦户中，遥想当年两人相处的情景多么美好，而现如今伊人不在，遗恨无穷。碧栏干外垂杨映，暂时相见如在梦中，懒得思量。

【赏析】

　　这首词是李后主为悼念昭惠后而作，开篇"秦楼"句便见题旨。词人把昭惠后比作乘风仙去的弄玉，人去楼空，上苑风光再美，伊人不在，也无心欣赏。"不见"和"空余"，语境凄婉。"粉英"一句，上承"风光"写来，红花初放，高高矮矮，自然是目之所见。但伤心人别有心思，故有"东风"两句。在他看来，东风莫不是恼我，让花儿发散发出一阵短暂的花香，便自衰败了？这初放的花儿，也象征着昭惠后年轻的生命。

　　下片换了场景，而对大周后的思念之情更深。倚窗成梦，醒来时已是残日在窗。"当年"句，乃梦后所思。"碧阑干"忽又一转，写瞥见栏杆外日映垂杨，勾起当年诸多往事。结尾句"暂时相见"，又忆梦中，"懒思量"，是反说，正见无时不思量。

谢新恩（樱桃落尽春将困）

【原文】

樱花①落尽春将困②，秋千架下归时。漏暗斜月迟迟③，花在枝（原文缺12字）。彻晓纱窗下④，待来君不知。

【题解】

这首词是《谢新恩》的一种变式，故与其他同调名词字数句式不尽相同。这首词有残缺，根据现存的文字，能够看出词人写作内容：在樱花落尽之时，一位活泼好动的女子尽情享受春光，表现出其充满生命力的一面，后又转入对其恬静一面的描写，写此女子的情思，以苦思为主，意含愁恨。这首词应当是作于南唐亡国之前。

【注释】

①樱花：吴讷《百家词》旧抄本、吕远本、侯文灿本《南唐二主词》均作"樱桃"。

②困：吴本《二主词》误作"用"。

③漏：即漏壶，古代计时器，铜制有孔，可以滴水或漏沙，有刻度标志以计时间，简称"漏"。暗：吕远本、侯文灿本《南唐二主词》均脱"暗"字，注"疑是"。侯文灿本作"疑曰"。吕远本作"疑曰"，

似系"是"字残体。王国维注："二字又疑是满阶。"

④"彻晓"句：吴本、侯本《二主词》"彻晓"以下分段。

【译文】

樱花都落光了，春困一阵阵袭来，自己去荡秋千，却也百无聊赖只得归来。漏壶的水一滴一滴滴下，月亮西斜迟迟徘徊，月光洒在花枝上。在纱窗下彻夜等待着心上人归来，可是那人却并不知道。

【赏析】

这首词是一位思妇说心中之苦，虽不明言而痛苦自见，痛苦是通过"落花""春困""漏暗""斜月""彻晓"等物象表现出来的。

"樱花落尽春将困"是借景喻人，说春困，实际上是说人困。"秋千架下归时"也有着言外之意，是说形单影只，孤身一人月下归来，已不见往昔二人相亲相伴之影。

谢新恩（庭空客散人归后）

【原文】

庭空客散人归后，画堂半掩珠①帘。林风淅淅②夜厌厌③。小楼新月，回首自纤纤④。

春光镇⑤在人空老，新愁往恨何穷。金窗⑥力困起还慵⑦。一声羌笛⑧，惊起醉怡容。

【题解】

这首词应是李后主在位的后期，写热闹的宴会过后，人去楼空，一片冷落。整首词中，已经没有了往日里的纵情欢娱，字里行间预示着国家形式堪危。

《花草粹编》《历代诗余》《全唐诗》，调作《临江仙》。晨本《二主词》校勘记云："此亦《临江仙》词。"王国维辑本《南唐二主词》校勘记：此亦《临江仙》调。

【注释】

①珠：《全唐诗》作"朱"。

②淅淅：象声词，形容风声。

③厌厌：安静，静谧。

④纤纤：形容新月细小的样子。

⑤镇：正。

⑥窗：《词谱》作"刀"。

⑦慵：困倦，懒得动。

⑧羌笛：又为羌管，竖着吹奏，两管发出同样的音高，音色清脆高亢，带有悲凉之感。

【译文】

宴会结束后，宾客都各自回去了，只留下冷清庭院，画堂中珠帘半掩。长夜漫漫，听风吹过林梢，更加冷清。抬头仰望这纤纤的新月，倍感清冷。

春光虽正好，人却无端端老去，新愁往恨什么时候会穷尽啊？只想醉卧不起，但是醉后的欢悦，偏偏被羌笛声惊扰。

【赏析】

词的上片写热闹的宴会过后，宾客离席，庭院一片空寂和冷清。每一个景物，每一个场景，都包含无法言表的落寞之感。

下片写词人早晨睡醒之后的感伤。春光依旧那么明媚，但是人却在新仇旧恨中一天天变老。这些新仇旧恨，包括小儿仲宣、爱妻娥皇的病逝，七弟从善质留宋国不得归，国事日渐衰微而无策，宋军步步紧逼而无力退敌。结尾一句"一声羌笛，惊起醉怡容"陡然一转，羌笛如晴空一声惊雷，惊醒了酣睡之人。形象地表达了人物此时心理的脆弱。

阮郎归（东风吹水日衔山）

【原文】

东风吹水日衔山①，春来长是闲。落花狼藉酒阑珊②，笙歌醉梦间。

佩③声悄，晚妆残，凭谁整翠鬟④？留连光景惜朱颜⑤，黄昏独倚阑⑥。

【题解】

《阮郎归》，用刘晨、阮肇事作调名。《绍兴府志》："刘晨、阮肇入天台山采药，遇二女，容颜妙绝，因相款待，被留半年。求归，至家，子孙已是七世。"此题作"呈郑王十二弟"，一般认为是李煜为其七弟从善所作。《草堂诗余》《古今词统》题作"春景"。

【注释】

①日衔山：日落。衔，包含。

②狼藉：写落花满地。阑珊：酒宴将尽。

③佩：佩玉，古人衣带上的饰物。《楚辞·九歌·湘君》："遗余佩兮澧浦。"

④翠鬟（huán）：黑发。

⑤留连光景：留恋白天。光景，日影。朱颜：红润美好的容颜。

⑥倚阑：同"倚栏"。

【译文】

东风吹拂水面，太阳将要落山，当春来时，经常是闲。酒宴将尽，落花遍地，生活在笙歌宴饮、醉生梦死之间。

玉佩声停，晚妆残旧，以后还能靠谁整理那山峦起伏般的发鬟？心中无比留连白天的光景，又爱惜美好的容颜，但黄昏时分只能独自一人孤零零地倚栏远眺。

【赏析】

宋太祖开宝四年（971），李煜派其七弟韩王李从善入宋，被宋太祖软禁。这首词是盼李从善早日归国的。上片写自己"长闲"。为写"闲"，先以首句"东风吹水"点明时序，"日衔山"是指黄昏。"落花"两句具体写"闲"。落花狼藉，酒宴将尽，笙歌醉梦，都表明了一个"闲"字。

下片转而写闺情，但隐含催促宋朝归还七弟从善之意。"佩声"两句写闺中少妇的环佩也解下了，晚妆也不整，一副无精打采的样子。"凭谁整翠鬟"一句，好像在说从善你不回来，她为谁去梳妆打扮呢？结两句写少妇在黄昏时凭栏远望，似在等待远方的人早日归来。

词人以女子的口吻，书写了自己淡淡的忧伤，而骨子里又渗透着无法言说的执拗与不甘。

破阵子（四十年来家国）

【原文】

四十年来家国①，三千里地山河②。凤阁龙楼连霄汉③，玉树琼枝作烟萝④。几曾识干戈⑤？

一旦归为臣虏⑥，沈腰潘鬓消磨⑦。最是仓皇辞庙日⑧，教坊⑨犹奏别离歌。垂泪对宫娥⑩。

【题解】

宋太祖开宝八年（975）冬，宋军攻破南唐都城金陵，后主无奈投降。第二年春正月，他和小周后离开金陵，同被押往宋都城汴京。到达汴京不久，便作了这首词。他曾给故旧写信说，此中日月，只是日夕以眼泪洗面，这说明他被俘后的生活十分屈辱。词中有他对故国之念和亡国之恨。从此时起，他的词风开始有了很大的转变。

【注释】

①四十年来：指南唐从开国（937年）到李煜写这首词时（975年）将近四十年。家国：这里指南唐政权。

②三千里地山河：指南唐的版图。当时南唐据有今江苏、安徽两省的南部和江西、福建一带。

③凤阁龙楼：指帝王的宫殿。龙凤是帝王和后妃的代称。连霄汉：高耸入云。霄，云霄。汉，银河。

④玉树琼枝：树木的美称。作：这里有"好像"的意思。烟萝：女萝繁茂如烟。萝，女萝，一种枝条分披的植物。

⑤干戈：古代兵器。这里代指战争。

⑥归为臣虏：指被宋朝俘虏。

⑦沈腰：用沈约腰瘦故事。《南史·沈约传》："约与徐勉素善，遂以书陈情于勉，言己老病，百日数旬，革带常应移孔，以手握臂，率计月小半分。"后遂以"沈腰"代指消瘦。潘鬓：晋代潘岳《秋兴赋》有"斑鬓彭以承弁兮，素发飒以垂领"之句，后遂以"潘鬓"指白发初生。消磨：苦苦地捱日子。

⑧"最是"句：特别难受的是匆忙辞别祖庙的那一天。

⑨教坊：唐代宫廷里的乐舞机关。

⑩宫娥：宫女。

【译文】

延续四十年的政权，延绵三千里地域的山河。宫殿高耸入云，宫廷内外各种名花奇树，烟聚萝绕。何曾见识过战争呢？

自从成为宋朝俘虏，就日渐消瘦，白发初生。最让人伤心的是那天匆匆忙忙地告别宗庙，教坊里还为我演奏着别离的歌曲，我含着泪对宫女告别。

【赏析】

这首词是南唐后主李煜被俘后，追思亡国之痛的一首哀歌，借在故国、别国不同景况的对比，表达自己的悔恨和痛苦。

上片写身为帝王之时极尽奢华的宫廷生活。南唐自公元937年建国到公元975年为北宋所灭，共历经三十八年，版图三十五州，所以词的开头"四十年"（时间）和"三千里"的疆域，饱含词人对故国的怀恋。然后接着怀念"凤阁"内的宫廷生活，他生于宫廷，长于禁苑，又沉湎声色，醉心于诗词，从来不知战争为何物，故言"几曾识干戈"，这里有些许自责之意。

下片转写成为宋朝阶下囚后的屈辱生活。"一旦"两字，急转直下，被俘后，身形逐渐消瘦，也长出了白发，一天天痛苦地煎熬。自己最难忘的一幕是"仓皇辞庙"，离别之际，教坊乐工们为他奏唱离歌，他以亡国之君的身份"垂泪对宫娥"。至此，上下两片形成鲜明对比，揭示了他内心绵绵不尽的亡国哀愁。

望江南（二首）（多少恨）

【原文】

其一

多少恨，昨夜梦魂中。还似旧时游上苑①，车如流水马如龙②，花月正春风。

其二

多少泪，断脸复横颐③。心事莫将和泪说④，凤笙⑤休向泪时吹，肠断⑥更无疑。

【题解】

《望江南》，又名《谢秋娘》，《乐府杂录》谓唐李德裕为亡姬谢秋娘作，后改为此名，玄宗时教坊已演奏此曲。此词调名下，李煜共作了两首，皆是亡国入宋后所作，借对往昔生活的追忆，抒发故国之思和亡国之痛。

【注释】

①上苑：皇家的园林。

②车如流水马如龙：语出《后汉书·明德马后传》："车如流水，马如游龙。"指车马络绎不绝。

③断脸复横颐：指泪流纵横。颐，下巴。

④和泪说：一边流泪一边述说。

⑤凤笙：刻着凤凰图案的乐器。

⑥肠断：喻非常悲痛。

【译文】

其一

有多少恨，在昨夜的梦魂中啊。梦中感觉还像昔日里在皇家园林赏春一样，车水马龙，络绎不绝，而现在正好是花好月圆的春季。

其二

有多少泪，刚刚拭去转眼又流满面？千万不要把心事带着泪说，也不要在流泪的时候演奏乐器，否则就要痛上加痛，苦上加苦，更加肝肠寸断了。

【赏析】

《望江南》二首，为联章体。第一首写梦境，第二首写梦醒后的哀痛。第一首，起句突兀，开头便言"恨"字。恨从何来？恨昨夜梦境。昨夜梦见旧时上苑游乐情事。既是梦境，便不是现实，词人用"还似"二字点明。词以梦回故国的欢乐反衬现实中的亡国之恨，收到以乐境写哀情的艺术效果。

第二首，以"泪"字开头，而且全篇三言"泪"字。《避暑漫抄》云："后主归朝后与金陵旧宫人书云：'此中日夕，只以眼泪洗面。'"开头"多少泪"两句，即"书"中语言的诗化。"心事"两句，两用"泪"字。所谓"心事"，或为国破家亡而悔，或为"归为臣虏"而辱，或为昔日帝王生活之不再而憾……这些愁恨都不敢说，也劝自己"莫将和泪说"。此时的李煜虽为"臣虏"，但是还有少许宫人故伎随侍，时而可以以笙箫作乐。这里说"休向泪时吹"，只怕会恨上加恨，愁上添愁吧。

望江南（二首）（闲梦远）

【原文】

其一

闲梦远①，南国正芳春②：船上管弦③江面绿，满城飞絮辊④轻尘，忙煞⑤看花人。

其二

闲梦远，南国正清秋⑥：千里江山寒色⑦远，芦花深处泊孤舟，笛在月明楼。

【题解】

这首词描写的是江南美景，表达了对故国的怀念。词中江南景色迷人，看得出词人此时的情绪较为缓和，应是作于太平兴国二年（977）改封陇西公之时。据《宋史·李煜传》记载："太宗即位，始去违命侯，加特进，封陇西国公。"

【注释】

①闲梦远：因被囚无聊而做远梦。

②南国：这里实指南唐旧地。芳春：春季。陆机《长安有狭邪行》："烈心厉劲秋，丽服鲜芳春。"

③管弦：管弦（丝竹）乐器，这里代指乐声。

④辊：滚动。

⑤忙煞：吴语，忙极。

⑥清秋：秋天。

⑦寒色：秋色。

【译文】

其一

闲来无事做梦，梦到了千里之外的故国，此刻应当是春意盎然：船上的管弦声，声声入耳，放眼望去，江面碧波一片，满城的飞絮随着车马尽情翻舞，混在轻尘中随风远扬，大家都在忙着赏春花。

其二

闲来无事又梦到远方，此时的故国正值深秋季节：千里江山映照在黄昏里，秋色一片，江上芦花深处停泊了一叶孤舟，月下高楼里面传来阵阵笛声，倾诉对未归之人的思念。

【赏析】

《望江南》二首，属联章体。第一首写春景。"闲梦远"开题见意，以"闲"说梦，并非是真的闲，而是指词人忧思的心情无时不在。江南的芳春，船上管弦声，满城飘扬的柳絮，最为典型。"忙煞"一句，又极写升平气象，寄托了李煜对故国深深的思念。

第二首，同是以"闲梦远"开头，但是整个情调一变，转写故国秋景。用"寒色"形容芦花孤舟，给人一种清冷之感。笛声入耳，让人心生哀怨，也写出李煜此时的幽思。

通览全篇，作者通过对比，一热闹一冷清，传神地描绘出江南地区两季的风采，令人印象深刻，不胜向往。

相见欢（无言独上西楼）

【原文】

无言独上西楼。月如钩。寂寞梧桐深院锁清秋①。

剪不断，理②还乱，是离愁。别是一般③滋味在心头。

【题解】

《相见欢》，词牌名，原为唐教坊曲，又名《乌夜啼》。这首词在不同的版本里，调名或作"离怀"，或作"秋闺"。这首词是李后主亡国被俘后，深院囚居之时，写秋夜愁思、别情难以排解的凄婉心情，抒发他沉痛的亡国之恨和对故国的依恋。

【注释】

①锁清秋：把秋天锁在深院。清秋，明净爽朗的秋天。

②理：整理。

③别是一般：另是一种。

【译文】

在无言中，一个人独上西楼。弯月如钩，栽满梧桐的寂寞的深院，锁住了明净爽朗的秋天。

愁绪无法剪断，又不能理清，另外有一种滋味在心头上涌动。

李煜词
全鉴
珍藏版

【赏析】

　　这首词写的是秋天里一个眉月初上的夜晚，地点是李后主被囚禁的深院之中，表达了词人秋夜的离愁。"无言"之中"上西楼"，上西楼时言"独"，透露出李煜的愁恨满怀，其踽踽独行的孤子形象，如在眼前。"月如钩"，是后主抬头仰望，看到夜空中新月如钩，愁绪更深。"寂寞"一句，为低头所想，秋天如同被锁在深院。"寂寞"和"锁"字也透露出他的愁恨，情寓景中。实际上，深院锁住的不只是梧桐和清秋，还有向往自由的李煜自己。下片直抒胸臆，明说离愁。词人把离愁比作乱丝，既剪不断，又理不清，可见愁恨的幽深绵长。这里所说的离愁，指的是亡国之愁。所以结句说"别是一般滋味"，指身为一代帝王却沦为阶下囚的特殊感受。

虞美人（风回小院庭芜绿）

【原文】

风回小院庭芜绿①，柳眼春相续②。凭阑③半日独无言，依旧竹声④新月似当年。

笙歌未散尊罍在⑤，池面冰初解。烛明香暗画楼深⑥，满鬓清霜残雪思难任⑦。

【题解】

《虞美人》是著名词牌之一，唐教坊曲名。此调最初是歌咏西楚霸王项羽宠爱的虞姬的，后来成为词牌名。本词是李煜被俘后所做，反映了他被俘后在汴京的真实生活。《默记》中记载："后主在赐第因七夕命故伎作乐，声闻于外，太宗闻之大怒。"由此可知，李煜被俘后，还是有乐工相伴的。词中充斥着怨愁情思，表面上是在伤春，实际上是在抒发怀旧之情。

【注释】

①风回小院：春风又吹到小院。庭芜：庭草。

②柳眼：柳芽。李商隐《二月二日》："花须柳眼各无赖，紫蝶黄花俱有晴。"春相续：承前"风回小院"，指春天跟着回来了。

③凭阑：靠着栏杆。

④竹声：风吹竹动之声。

⑤笙歌：泛指奏乐唱歌。尊罍（léi）：尊和罍，酒器。

⑥烛明香暗：蜡烛高烧，薰香幽幽。画楼：雕饰华丽的楼房。

⑦满鬓清霜残雪：鬓发白如霜雪，喻指人已衰老。思难任：忧思难以承受。

【译文】

当春风又吹到小院时，吹绿了庭间的草，吹出了柳树上的嫩芽，春天也跟着回来了。依靠着栏杆好半天，独自一人沉默无言，听着风吹竹动的响声，看到空中的新月，宛如当年的光景。

有美妙的歌舞和美酒佳肴助兴，池面上的冰刚解冻。蜡烛高烧，薰香幽幽，住所在连绵重叠的屋宇深处。夜深人静时，揽镜自照，却发现鬓发斑白，愁思难以承受。

【赏析】

可以将此首词与其另一首《虞美人·春花秋月何时了》放在一起对照着读，二者同是写囚徒生活、亡国之恨、故国之思，字里行间都浸透着怨恨之情。

"风回"两句，通过"风回""庭芜绿"和"柳眼"（柳发新芽）三个物象，勾勒出春回大地的景象。东风一吹，先是庭草生绿，再是柳发新芽，故说"春相续"。"凭阑"两句，写到自身，身为阶下囚，面对这大好春光，不喜反悲，回顾往昔种种。"半日独无言"，言"凭阑"之久，追思过去，故有"依旧竹声新月似当年"之句。风吹竹韵，新月如钩，是景语，加上"似当年"，便突出景中的情，但已经物是人非。

"笙歌"两句，写词人仍然沉浸在追忆之中，遥想当年笙歌侍宴，尊罍美酒，也在"水面冰初解"的初春。结两句又回到现实，回望小楼，"烛明香暗"，夜色已深，对镜自照，发现自己已是两鬓生雪，渐渐衰老了。"思难任"一语，凄婉之极。

词里把美丽的景色与词人未老先衰做对比，形成强烈的反差，从而突出了人物复杂矛盾的心理状态。除此之外，还有过去与现实的对比，上下段结句也正好形成今昔对比。

乌夜啼（昨夜风兼雨）

【原文】

昨夜风兼雨，帘帏飒飒秋声①。烛残漏断频欹枕②，起坐不能平。

世事漫③随流水，算来梦里浮生④。醉乡⑤路稳宜频到，此外不堪行。

【题解】

《乌夜啼》，在《全唐诗》中作《锦堂春》，唐教坊曲名。这首词反映了南唐后主李煜亡国入宋后被俘囚禁的生活，是一首秋夜抒怀的作品，借梦境写故国春色，抒发了词人被俘后的忧苦。

【注释】

①帘帏：帘子和帏帐。飒飒：风雨声。杜甫《乾元中寓居同谷县作歌七首》（其五）："四山多风溪水急，寒雨飒飒枯树湿。"秋声：指秋天的风声、落叶声和虫声等。刘禹锡《登清晖楼》："浔阳江色潮添满，彭蠡秋声雁送来。"

②烛残漏断：指夜深。欹枕：倚枕。

③漫：犹"空"。

④算来：想来。浮生：言世事无定，生命短促。李白《春夜宴桃

李园序》:"浮生若梦,为欢几何?"

⑤醉乡:指酒醉后昏昏沉沉的状态。

【译文】

昨夜风雨交加,窗外风雨声、落叶声、虫鸣声响了一夜。蜡烛将要燃尽,漏壶中水也快滴完了,夜深时分一次次地斜靠在枕头上,仍是辗转难眠,无心入睡,坐起来后,心里又无法平静。

世事无定如流水,生命短促仿佛一场梦。既然酒醉后的道路平坦安稳,也就适宜常到那里,别的地方不能去。

【赏析】

上片从回忆昨夜风雨落笔,听了一夜的风雨声,渲染了词人此时愁苦烦闷的心境,也暗寓作者的处境十分险恶。"烛残漏断频欹枕",伤感愈甚。"起坐不能平"一句,写词人一夜辗转反侧无心入眠,真是苦极。

下片抒情,写对人生的感叹。往昔不堪回首,只让它随流水东逝,想来这一生,也只如一梦。言极凄苦。结尾两句,写他宁愿醉去不愿醒,为什么呢?因为"醉乡路稳"。这是李煜思考人生的结论。

全词不用典事,全用白描手法,直抒词人在特殊环境中的特殊心态,能引起读者的强烈共鸣。

子夜歌（人生愁恨何能免）

【原文】

人生愁恨何能免，锁魂独我情何限①！故国②梦重归，觉来③双泪垂。高楼谁与上④，长记秋晴望。往事已成空，还如一梦中。

【题解】

这首词是李后主国破家亡，被宋太祖赵匡胤俘虏入宋后的作品，寄托了亡国之思和对囚徒生活的怨恨。马令在《南唐书·后主书第五》注中云："后主乐府词云：故国梦重归，觉来双泪垂。又云：小楼昨夜又东风，故国不堪回首月明中。皆思故国者也。"

【注释】

①销魂：同"消魂"，谓灵魂离开肉体，这里用来形容哀愁到极点，好像魂魄离开了形体。何限：无限。

②故国：这里指灭亡了的南唐政权。

③觉来：醒来。

④谁与上："与谁上"的倒装。

【译文】

怎样才能免除人生的愁恨呢？同是愁恨，为何唯独我被折磨得蚀掉了魂魄？这悲情太多了！梦中重游故国，醒来后不禁泪流满面。

现如今还能与谁一起登楼望远呢？还能清楚地记起在那阳光明媚的日子里和心爱之人登高赏秋。往事已成空，就像是梦中的情形。

【赏析】

这首词，也涉及"人生"的重大问题。上片首句"人生愁恨何能免"，是词人自我安慰、自我解脱的说辞。古往今来，谁都有忧愁，免不了要受折磨。"锁魂独我情何限"言"我"，首句的旷达，只为言"我"作衬垫，重在言"我"。"故国"两句写梦归故国和醒后之思。

下片即言近日的苦楚，回忆往昔与美人赏秋景，而近日只能高楼独上，秋空晴望。望，是望故国，神思悠悠，伤心无限。结两句回应上片"梦重归"，梦似真。这里往事成空，"还如一梦"，真似梦，凄然之感油然而生。

马令在《南唐书》注解中说："后主《子夜歌》词，有凄然故国之思。"《草堂诗馀》也评说此词"梦觉语妙，那知半生富贵，醒亦是梦耶？"这种评价对李后主词用得着实恰当。李煜作为亡国之君，他的故国之思带有明显的个人特色。词中正是有了这梦，境界才显得如此开阔，情意才显得如此真切，充满感人的艺术力量。

相见欢（林花谢了春红）

【原文】

林花谢了春红①，太匆匆。无奈朝来寒雨晚来风。

胭脂泪②，相留醉，几时重③？自是④人生长恨水长东！

【题解】

《相见欢》，唐教坊曲名，还称为《乌夜啼》《西楼子》《秋夜月》《上西楼》等，薛绍蕰是第一个将此用作词牌名的。这首词当作于北宋太祖开宝八年（957），是李煜被俘之后在汴京所作。这首词描写春残花谢的自然景象，实际上是写词人国破家亡、被囚禁的无限痛苦，是一篇即景抒情的名作。

【注释】

①"林花"句：树林里的春花凋谢了。

②胭脂泪：形容春花着雨如带红泪。

③几时重：问林花谢了什么时候能再重返枝头。

④自是：本来是。

【译文】

转眼间，树林里的春花凋谢了，春天过得太快了！想到春花凋谢是由于早上有寒雨，晚上有风，心中十分无奈。

春花着雨如带红泪，让人留恋，这种情况几时能再有呢？人生本来就是永远有恨，正如同水永恒向东流！

【赏析】

李后主被囚禁在汴京时，经常受到宋帝的监视和呵斥，因此他在此首词中小心谨慎，不敢直抒胸臆。全词运用比喻和象征的手法来传情达意，借以抒发家愁国恨。以"林花"自喻，将"风雨"喻指宋军，而"胭脂泪"喻指众宫娥的眼泪。词里饱含期盼团圆之意和欲返故国之思。

这首词借伤春悲离言故国之思和对人生问题的思考，内容相当丰富。"林花"和"春红"都是美好的意象，但是突然"谢了"，而且"太匆匆"，令人无限感叹惋惜。"无奈"一句解答了前句林花匆匆谢了的缘故，"无奈"一词又极怨怅。这上片，固然描写自然景色，但它又指人说事，本来一个好好的南唐，突然亡国，正像林花匆匆谢去，那么，"朝来寒雨晚来风"，就是指宋军紧逼。"无奈"两字怨怅的对象也自是宋军了。

下片转到对人的叙述。"胭脂"三句，极尽缠绵之意。"胭脂泪"在景物上指春花着雨如带红泪，就"人"而言，指众宫娥妃嫔的泪，人之泪就是花之泪，雨泪交相而流，物我同一，故曰"相留醉"（如痴如醉）。"几时重"一问，问得清醒。花从枝头掉落不能返回，就像人之失国，无以重新恢复。结句以长东的流水喻长恨的人生，沉哀无限。

浪淘沙（往事只堪哀）

【原文】

往事只堪哀①，对景难排②。秋风庭院藓侵阶③。一任④珠帘闲不卷，终日谁来！

金锁已沉埋，壮气蒿莱⑤。晚凉天净月华开⑥。想得玉楼瑶殿⑦影，空照秦淮⑧。

【题解】

《古今词统》在此词调名下题"在汴京念秣陵作"。沈际飞《草堂诗余续集》云："此在汴京念秣陵事作，读不忍竟。"从全词的内容来看，是写李后主国破家亡后孤苦哀痛的心境，表达了在痛苦的囚俘生活中对故国的思念。

【注释】

①往事：这里特指从前的帝王生活。只堪哀：只能使人悲伤。

②难排：难以排遣。

③藓侵阶：苔藓长到台阶上来。喻指无人来往践踏。

④一任：任凭。

⑤"金锁"两句：喻指国家灭亡。金锁沉埋：用三国时吴国以铁

锁链沉江以断江水，抵抗晋军，终于失败之典（见《晋书·王濬传》）。

壮气：帝王之气。古人认为天空中有一种云气，象征帝国的盛衰兴亡。

蒿莱：野草，此处用作动词，指埋没于野草之中。

⑥天净：天空净明。月华开：月亮周围的光环退去。

⑦玉楼瑶殿：雕饰华丽的楼台殿阁。这里指南唐的宫殿。

⑧秦淮：秦淮河，在南京。这里代指南唐都城金陵。

【译文】

往事只能令人悲哀，眼前的景色也只是徒添忧愁。在秋风中，庭院里的苔藓已长到台阶上来。任凭珠帘闲挂着不卷起，又会有谁到来呢？

故国土地上想必已长满了柔弱无用的杂草。天气舒爽，月色正好。想到我南唐那美丽的宫殿在月亮下映出的影子，现在正空空地倒映在秦淮河上。

【赏析】

这首词是后主囚俘生活中怀

念故国的感情写照。上片从眼前实景写白天内心之事。开头"往事"一句，便点出主题，指在位时的事，更指自己所作而导致亡国的错事，"只堪哀"，统领全词。"对景难排"，心中的苦闷即使是面对美好的景色也难以排解。然后具体描景，秋风下的庭院里，台阶上长满苔藓，凄凉的景色也衬托出词人此时的冷清和孤寂。"一任"两句，写因为无人前来，所以帘子终日不卷，写出词人内心的孤寂无聊，照应开头"对景难排"。

下片写词人想象中的南唐景色。"金锁"两句，喻指国家灭亡，是对时运的悲叹。词人抬头望月，天空明净，不禁想到了昔日金陵南唐的宫殿，一个"空"字，无限凄凉。这种境界非亡国被俘的后主所不能达到。

浪淘沙（帘外雨潺潺）

【原文】

帘外雨潺潺①，春意阑珊②。罗衾③不耐五更寒。梦里不知身是客，一晌④贪欢。

独自莫凭阑⑤，无限江山。别时容易见时难。落花流水春去也，天上人间⑥。

【题解】

《浪淘沙》，又名《浪淘沙令》《卖花声》等，原为唐教坊曲名，后用作词牌名。唐人多用七言绝句入曲，李煜始演为长短句，此篇就是。《草堂诗余》在此词下题"怀旧"。《西清诗话》云："南唐李后主归朝后，每怀江国，且念嫔妾散落，郁郁不自聊。尝作长短句帘外雨潺潺云云，含思凄婉，未几下世。"这首词的具体时间难以确定，但能肯定是亡国之后的作品，抒发了词人的故国之思和亡国之痛。

【注释】

①潺潺：这里形容雨声。

②阑珊：指春天已尽，春色将残。

③罗衾：丝罗被子。

④一晌（shǎng）：片刻。苏舜钦《寄题赵叔平嘉树亭》："盘根得地年年盛，岂学春林一晌红。"

⑤凭阑：靠着栏杆。

⑥天上人间：指今昔对比，有天上人间之别。

【译文】

静静地听着帘外潺潺的雨声，意识到春天将要过去。半夜凄寒，纵使丝罗被子再厚，也难抵寒意。在梦里，我暂且忘记了被俘的生活，贪图梦中片刻的欢乐。

一人之时万不可倚栏远眺，徒增悲伤。故国三千里江山，离别很容易，再见一面可是难上加难了。流水落花送走了春色，今昔对比，犹如一个天上，一个人间。

【赏析】

这首词是李煜被俘生活的一个片段。

词写故国之思，却从梦醒写起。上片采用倒叙的手法，写外面潺潺的雨声惊醒了他的梦。接着写夜里寒意袭人，五更梦醒，春色将残。接着写梦中，他只想待在梦中不出来，才能贪得一时的欢乐。可是梦醒后，现实却更添痛苦。

下片叙写现实。为什么不要"独自凭阑"呢？因为总是不禁想起往昔故国的美好，现在"别时容易见时难"，徒增悲伤。最后两句，以"落花流水春去也"形象地说一切都过去了，并作今昔对比，慨叹过去和现在真有天上人间之别。李煜不堪忍受俘囚生活，心中的悲愤在这首词里得到尽情抒发。

虞美人（春花秋月何时了）

【原文】

春花秋月何时了①，往事知多少？小楼昨夜又东风②，故国不堪回首月明中③。

雕栏玉砌④应犹在，只是朱颜⑤改。问君⑥能有几多愁，恰似一江春水向东流。

【题解】

这首词是李煜的名篇，同时也是李煜的绝命之词。宋代王铚《默记》："后主在赐第，因七夕，命故伎作乐，声闻于外。太宗闻之，大怒。又传'小楼昨夜又东风'及'一江春水向东流'之句，并坐之，遂被祸。"由这些记载可知，宋太宗赵光义一直对李煜心存怀疑，杀之而后快的心由来已久，这首词是导致李煜被毒死的直接原因。

相传李煜作这首词，在宋太宗太平兴国三年（978年）七月七日。这一天正是他的生日。入夜，命妓作乐，他自己吟唱，结果声闻于外。宋太宗知道后，大怒，遂命人赐毒药把他毒死。至此，《虞美人》竟成绝笔。

此词抒发了李后主对昔日故国的怀恋，以及不甘做受尽屈辱的阶下囚而又无可奈何的郁闷。《草堂诗余》《草堂诗余正集》等在此词调名下题作"感旧"。

【注释】

①春花秋月：代指岁月更替。了：了结。

②又东风：又刮起东风，春天又来了。

③故国：这里指灭亡了的南唐政权。回首：回忆。

④雕栏玉砌：雕花的栏干，玉石的台阶。这里代指南唐的宫殿。按：李煜后期词作中常用"凤阁龙楼"（《破阵子》）、"玉楼瑶殿"（《浪淘沙》）和"雕栏玉砌"（本词）等代指南唐的宫殿。

⑤朱颜：指美人，这里泛指人。

⑥问君：这里是设问，实际是自问。

【译文】

春花年年开放，秋月年年明亮，时光什么时候才能了结呢？在过去的岁月里，有太多令人伤心难过的事。我居住的小楼昨夜又有东风吹来，登楼望月又忍不住回首故国。

旧日金陵城里的宫殿应该还都在吧，只不过里面住的人已经换了。愁恨到底有多少？大概像东流的春水一样，无穷无尽。

【赏析】

这首词写于初春时节，后主在被囚禁的住所之中，抒发了自己的故国之思，心中悲恨相续。年复一年的春花秋月，何时才能了？把原本令人向往的良辰美景蒙上了一层愁怨；小楼昨夜的东风，告知李煜春天到来的消息，但是反而引起他"不堪回首"之思。

下片承接上片的"往事"。怀想故国宫殿里的雕栏玉砌应该还在，只是"物是人非"。"问君"两句，自问自答，以不尽的流水比作愁思，吐不尽胸中万斛愁恨。

中篇　李煜诗选粹

秋莺（残莺何事不知秋）

【原文】

残莺①何事②不知秋，横过幽林尚独游。

老舌百般倾耳听③，深黄一点入烟流。

栖迟④背世⑤同悲鲁⑥，浏亮⑦如笙碎⑧在缑⑨。

莫更留连好归去，露华⑩凄冷蓼花愁。

【题解】

这首诗从内容上看，应当是李璟原册立的太子弘冀为了保全自己的地位毒杀了自己的叔父，李煜为了免除太子对自己的怀疑，而决定隐居时所作。

这是一首感物诗，写了一只黄莺在深秋时节还未南飞避寒，劝其不要在此处留恋，应当尽快南归。表现出李煜对残酷的政治斗争的惧怕和对自己处境的担忧。

古人咏物多有所寄托，李煜所咏的黄莺也是如此。他笔下的黄莺不是阳春三月里，草长莺飞的春莺，而是一只失群的秋莺，孤寂凄冷之心境可以想见。

【注释】

①残莺：本指晚春的莺啼，这里乃后主自比。唐司空曙《残莺百啭歌同王员外耿拾遗吉中孚李端游慈恩各赋一物》曰："残莺一何怨，百啭相寻续……歌残莺，歌残莺，悠然万感生。"

②何事：嗔怪自诘的口吻，悔恨自家为何不识时务。

③听（tìng）：出句煞尾字，去声，仄，《平水韵》属"二十五径"。

④栖迟：游息，隐遁。《诗经·陈风·衡门》："衡门之下，可以栖迟。"朱熹《诗集传》："栖迟，游息也。"西晋袁宏《后汉纪·光武帝纪七》："夫以邓生之才，参拟王佐之略，损翮弭鳞，栖迟刀笔之间，岂以为谦，势诚然也。"

⑤背世：与世俗主流相左。曹植《七启》："予闻君子不遁俗而遗名，智士不背

世而灭勋。"

⑥悲鲁：指亡国之痛。《史记·孔子世家》载，鲁哀公十四年春，获异兽于野，孔子视之曰："麟也。"因悲叹："吾道穷矣。"意为鲁国将亡，于是作《春秋》以记鲁国历史，上起隐公元年，下迄哀公十四年，总计十二公242年间的大事。

⑦浏亮：乐声清脆明朗。西晋陆机《文赋》："诗缘情而绮靡，赋体物而浏亮。"李善注："浏亮，清明之称。"

⑧碎：李贺《李凭箜篌引》："昆山玉碎凤凰叫，芙蓉泣露香兰笑。"欧阳修《临江仙》："池外轻雷池上雨，雨声滴碎荷声。"黄庭坚《和仲谋夜中有感》："纸窗惊吹玉蹀躞，竹砌碎撼金琅玙。""碎"字用得极为响亮，极为惊心，又极为哽咽，饱含词人难以言表的痛楚。

⑨缑（gōu）：即缑氏山，在河南偃师。汉刘向《列仙传·王子乔》："王子乔者，周灵王太子晋也。好吹笙，作凤凰鸣。游伊洛之间，道士浮丘公接以上嵩高山。三十余年后，求之于山上，见桓良曰：告我家：'七月七日待我于缑氏山巅。'至时，果乘白鹤驻山头，望之不得到，举手谢时人，数日而去。"后因之以为修道成仙之典。

⑩露华：露水。李白《清平调》（其一）："云想衣裳花想容，春风拂槛露华浓。"

【译文】

黄莺啊黄莺，你怎么还不知道现在已经是寒秋时节了，为什么还在这深暗的树林里独自翱翔呢？侧着耳朵仔细聆听老莺的鸣叫声，但始终听不明白它在鸣叫着什么，看着它飞向空中，渐渐变成深黄色的一点，不见了踪影。我和这老莺一样，与这世事相背，迟钝笨拙，虽然鸣声依旧，但是已经不连贯了，破碎不堪。黄莺啊，你莫要留恋深暗的树林，赶快归南避寒去吧，树林里有什么好处呢？露水蓼花，让人心生凄冷，心里发愁。

【赏析】

　　这是一篇咏物抒怀的佳作。全诗有三个明显的特点：首先是喻义十分明确，表面上写残莺，实际上暗指自己，将寒秋残莺的处境和自己在政治上危险的处境结合得不留痕迹，十分贴切。其次，将秋莺与春莺的区别展现了出来。春莺是在春花烂漫、草长莺飞时节，充满了生命力；而秋莺则是"横过幽林尚独游""老舌""栖迟背世""浏亮如笙碎在喉"，充满了暮气和忧伤。最后是结尾句结得妙。"露华凄冷蓼花愁"，借助寒秋时节一个具体的物象来表现抽象的愁情和无限的惆怅，无限韵味尽在不言中。

病起题山舍壁（山舍初成病乍轻）

【原文】

山舍初成病乍轻，杖藜巾褐①称闲情。

炉开小火深回暖，沟引新流几曲声。

暂约彭涓②安朽质，终期宗远③问无生④。

谁能役役⑤尘中累，贪合鱼龙⑥构强名⑦。

【题解】

这首诗见于《唐诗鼓吹》卷十，诗中的山舍应当是李煜在城外筑建的用来赏玩、避世的山庄。此诗通常被认为作于李煜即位之前，迫于韬晦而赋之。

【注释】

①杖藜（lí）巾褐（hè）：以藜木为杖，以褐巾裹头，形容生活俭朴，穿着随意。藜，野生植物，茎坚韧，可为杖。

②彭涓：彭祖和涓子，是古代传说中的仙人，有长生不老之术。南朝陶弘景《寻山志》："仰彭涓兮弗远，必长年兮可期。"相传彭祖活了八百八十岁，实际寿命当为一百四十六岁，因为根据古时大彭氏国实行的"小花甲计岁法"推断，60天即为一年。涓子，传说中的仙人

名。汉刘向《列仙传·涓子》："涓子者，齐人也，好饵术……著《天人经》四十八篇。后钓于荷泽，得鲤鱼，腹中有符。隐于宕山，能致风雨。"嵇康《琴赋》："涓子宅其阳，玉醴涌其前。"皎然《妙喜寺达公禅斋寄李司直等》诗："涓子非我宗，然公有真诀。"

③宗远：宗炳和慧远。宗炳（375—443），南朝宋画家，字少文，南涅阳（今河南镇平）人，家居江陵（今属湖北），士族。东晋末至宋元嘉中，当局屡次征他做官，俱不就。擅长书法、绘画和弹琴。信仰佛教，曾参加庐山僧慧远主持的"白莲社"，作有《明佛论》。漫游山川，西涉荆巫，南登衡岳，后以老病，才回江陵。曾将游历所见景物，绘于居室之壁，自称："澄怀观道，卧以游之。"著有《画山水序》。慧远，俗姓贾，雁门楼烦（约在今山西朔城区）人，出生于代州（约代县），初学儒、老、庄，二十一岁往太行恒山（今河北曲阳西北）参见道安，听讲《放光般若》，豁然开悟后，以为佛教远胜儒、道，遂出家，入庐山住东林寺，领众修道。他为道安的上座弟子，善于般若，并兼倡阿毗昙、

戒律、禅法。因此中观、戒律、禅、教及关中胜义，都仗慧远而流播南方。曾与刘遗民等人，在阿弥陀像前立誓，这是佛教史上最早的结社，这一结社的目的就是专修"净土"之法，以期死后往生"西方"。故后世净土宗尊为初祖。当时的名士谢灵运，钦服慧远，替他在东林寺中开东西两池，遍种白莲，慧远所创之社，遂称"白莲社"，因此，后来净土宗又称"莲宗"。

④无生：佛教语，谓没有生灭，不生不灭。晋王该《日烛》："咸淡泊于无生，俱脱骸而不死。"王维《登辨觉寺》："空居法云外，观世得无生。"又作无起。谓诸法之实相无生灭。与"无生灭"或"无生无灭"同义。所有存在之诸法无实体，是空，故无生灭变化可言。

⑤役役：形容奔走操劳之状。《庄子·齐物论》："终身役役，而不见其成功。"

⑥鱼龙：比喻品质不一的人混杂在一起。罗隐《西塞山》："波阔鱼龙应混杂，壁危猿狄奈奸顽。"

⑦强名：勉强而成的名声。《老

子》："有物混成，先天地生。寂兮寥兮，独立而不改，周行而不殆，可以为天地母。吾不知其名，字之曰'道'，强为之名曰'大'。"

【译文】

　　山舍刚刚建成，顿时觉得病体轻松了很多。高兴之余，自己也手拄拐杖，头戴头巾，像山野农夫一般漫步山头，十分地惬意。山间寒意袭人，只得在屋里生个暖和的小炉子取暖；这时候，窗外传来了新修的小渠那潺潺的流水声，悦耳动听。我真想像长生不老的彭祖和涓子一样永存于世，还想像宗炳和慧远一样求佛隐居。为何要被纷繁复杂的世事所牵绊，胡乱地去追寻那勉强得来的名声呢？

【赏析】

　　这首诗的主题与李煜的两首《渔父》词是一致的，是刻意剖白自己无意于王位之争的韬晦之作。前四句写身边之物，有闲居山野，怡然自得的意味；后四句点透主旨，表明自己安于山林之隐，无意于鱼跃龙门。周振甫在《中国历代著名文学家评传》中说："李煜有《病起题山舍壁》，当是在过隐居生活时写的。""这首诗反映了他的山居生活，炉开小火，沟引新流，杖藜巾褐，确有隐士风度。"

送邓王二十弟从益①牧宣城②（且维轻舸更迟迟）

【原文】

且维轻舸更迟迟，别酒重倾惜解携③。

浩浪侵愁光荡漾，乱山④凝恨色高低。

君驰桧楫⑤情何极，我凭阑干日向西。

咫尺⑥烟江几多地，不须怀抱重凄凄。

【题解】

这首诗是送别邓王从益出镇宣城时所作。邓王名从益，在同父之子中排行第二十六，因而题目中的"二十"当为"二十六"之误。据《全唐诗》注："后主为诗序以送之，其略云：秋山滴翠，暮壑澄空。爱公此行，畅乎遐览。"李煜这首诗以兄长和国君的身份对胞弟谆谆教诲，足见手足情深。

【注释】

①邓王二十弟从益，即从镒，元宗第八子，李后主弟，任邓王。《五代史》、马令《南唐书》作"从益"，陆游《南唐书》《唐余纪传》作"从镒"，二者实为一人。李煜在送别从镒出镇宣州时曾作《送邓王二十弟从益牧宣城》《御筵送邓王》《送邓王二十六弟牧宣城序》二诗

一文，表达兄弟之情。马令《南唐书》里指出《送邓王二十六弟牧宣城序》乃本诗的序。《唐诗鼓吹》卷十收录该诗时题为"邓王二十弟"，《全唐文》卷一百二十八、《全唐文新编》第一部第二册卷一百二十八收录诗序，作"邓王二十六弟"，未知孰是，姑并存之。

②牧宣城：出任宣州（今安徽宣城）刺史。

③解（jiě）携：分手，离别。杜甫《水宿遣兴奉呈群公》："异县惊虚往，同人惜解携。"

④乱山：群山。

⑤桧楫（guì jí）：桧木作的船楫。桧木芳香，以示美好。

⑥咫尺：形容距离近。

【译文】

送别的酒喝了一遍又一遍，还没有把人送走，那就再喝一遍吧，兄弟情深，不忍分别。从益乘坐的船随波浪荡漾，那反射出来的波光就像无限的离愁别绪。极目远望，船已经被乱山遮住了，只能看到那高高低低的峰峦，直到太阳落山。好在弟弟去的宣城离金陵并不远，兄弟二人很快便能重逢，所以心里不必满怀悲伤。

【赏析】

诗中"浩浪侵愁光荡漾，乱山凝恨色高低"两句，表达含蓄，不满浩浪和乱山挡住了自己的视线，看不到弟弟远去的船只，因而觉得波光山色都是愁。"我凭阑干日向西"，直白地写出目送弟弟离去的时间之长，可以看出对弟弟的无限疼爱之情。结句"咫尺烟江几多地，不须怀抱重凄凄"既有惜别之意，还有宽慰之语，包含的感情众多。总之，这首诗是一首送别佳作，有极高的艺术价值。

悼诗（永念难消释）

【原文】

永念难消释，孤怀痛自嗟。

雨深秋寂寞，愁引①病增加。

咽绝风前思，昏朦②眼上花。

空王③应念我，穷子④正迷家。

【题解】

本作又名"悼幼子瑞保"。李煜次子仲宣，小字瑞保，三岁时受封宣城郡公，死后追封为岐王。

瑞保，是李煜与大周后的次子，生于公元961年，正是李煜即位的当年。陆游《南唐书》卷十六记载："宋乾德二年，仲宣才四岁。一日，戏佛像前，有大琉璃灯为猫触堕地，哗然作声，仲宣因惊痫得疾，竟卒。"时间据《岐王墓志铭》是在这一年的冬十月二日。此时，大周后正卧病在床，势将不起。这首诗亦见于宋马令《南唐书》卷七《宗室传》："初，仲宣卒，后主哀甚，然恐重伤昭惠，常默坐饮泣而已，因为诗以写志云云。"时年28岁的李煜几乎被丧失爱子的剧痛完全打倒，却忧心引起大周后大恸而加剧病情，强力独自撑持，不能尽情宣泄悲痛。马令《南唐书》卷三又载："时昭惠病剧，后主恐重伤其意，默坐饮泣，因为诗以写志，吟咏数四，左右为之泣下。"

【注释】

①引：《五代诗话》引诗作"剧"。

②昏朦：指眼光昏花，朦胧。或作"昏濛"。

③空王：佛教语，空王就是释迦牟尼佛，佛说世间一切皆空，故称空王。

④穷子：佛教语，法华经七喻之一。三界生死之众生，譬之无功德法财之穷子。

【译文】

丧子之痛难以释怀，但是爱妻现在重病在床，怎忍再让她承受打击，就让我一人承受这痛苦吧。深秋时节阴雨霏霏，分外冷清孤寂。这样愁苦的心情，怎能减轻我的病痛

呢？伫立风中，更加哽咽悲哀，眼前一片昏暗迷茫，甚至连深秋的残花也模糊不清。我的灵魂饱受苦痛煎熬，我佛慈悲，请为我指引宁静的归处吧！

【赏析】

时值深秋，二十八岁的李煜几乎完全沉浸在丧子之痛中难以自拔，同时丧妻之忧也令他痛苦难耐。诗歌开头就点明"永念难消释，孤怀痛自嗟"，对亡子的思念始终难以消除，而这种思念又只能一个人默默承受。接下来四句继续细写这种愁苦。"雨深秋寂寞"是诗人特地渲染的一个增悲添愁的环境，为"愁引病增加"做铺垫。为悼念早夭之子，哀吟至此，不禁让人为之泣下。

茫茫的愁苦之海，李煜已经被淹没了，绝望之中，他想到的是宗教的救赎："空王应念我，穷子正迷家。"佛祖你应该顾念我了吧，虔诚的、走投无路的信徒李煜正迷失于灵魂归途的寻觅之中。可惜的是，宗教最终也没能挽救虔诚的李煜，他一生遭受所有苦痛时，包括最后殒命汴梁，"空王"都不在场。

挽辞二首（珠碎眼前珍）

【原文】

其一

珠碎眼前珍①，花凋世外春。

未销心里恨，又失掌中身②。

玉笥③犹残药，香奁④已染尘。

前哀将后感，无泪可沾巾。

其二

艳质⑤同芳树⑥，浮危⑦道略同。

正悲春落实，又苦雨伤丛。

秾丽今何在？飘零事已空。

沉沉无问处，千载谢⑧东风。

【题解】

挽辞是为了哀悼逝者所作的歌，也称为挽歌。这两首诗应当是为了悼念儿子瑞保和昭惠周后（即大周后）所作。据《全唐诗》注："宣城公仲宣，后主子，小字瑞保，年四岁卒。母昭惠先病，哀苦增剧，遂至于殂。故后主挽辞，并其母子悼之。"大周后与瑞保均死于宋太祖乾德二年（964），李后主多次为小儿子和亡妻作诗文。

【注释】

①珠碎眼前珍：喻伤子，亦泛指人亡。北周庾信《伤心赋》："膝下龙摧，掌中珠碎。芝在室而先枯，兰生庭而早刈。"古时常用"掌上珠""掌中珠""掌上明珠"来比喻极受父母钟爱的儿女。晋傅玄《短歌行》："昔君视我，如掌中珠。何意一朝，弃我沟渠。"

②掌中身：这里指大周后娥皇。娥皇善歌舞，通音律，故以"掌中身"喻之，意谓体态轻盈，可在手掌上舞蹈。相传汉成帝之后赵飞燕体态轻盈，能作掌上舞。见《白孔六贴》卷六一。《南史·羊侃传》："儛人张净琬，腰围一尺六寸，时人咸推能掌上舞。"

③玉笥（sì）：华美的盛衣食之竹箱。笥，盛衣物或饭食等的方形竹器。

④香奁（lián）：妇女妆具，盛放香粉、镜子等物的匣子。

⑤艳质：艳美的资质。古时常用来指代美人，这里指大周后。

⑥芳树：泛指嘉木。这里指代次子仲宣。

⑦危：佛教语，指代浮生危苦。

⑧谢：辞别。

【译文】

其一

明珠碎在眼前，花朵凋谢在春天。还没有消解丧子的悲痛，爱妻又离我而去。玉笥中还残留着妻子治病的药物，香奁因为妻子已不在而蒙上了灰尘。接踵而至的两场死别，让我已经无泪可拭。

其二

艳质和芳树，二者是很容易遭遇伤害和毁灭的。刚为小儿子的早夭悲痛不已，又为美丽如花的亡妻黯然伤情。昔日里的繁花而今在何处？只见万物飘零万事成空。东风过后，一切花朵都要凋落，千载如此。

【赏析】

第一首悼诗的前三联对仗工整，匠心独运。这首合悼诗将爱子与爱妻交替来写，轮流抒发丧子的哀痛和亡妻的伤情，一气呵成，把忧思表达得穷哀极恸。"珠"对"花"，"心里恨"对"掌中身"，"玉笥"对"香奁"，最后把"前哀"与"后感"凝成一句，由分而合，将失子之悲与丧妻之痛兼容并纳，令人倍感悲伤。"玉笥犹残药，香奁已染尘"两句尤其形象生动，有无穷的感人力量。元稹有悼亡妻的《遣悲怀》诗："衣裳已施行看尽，针线犹存未忍开。"苏轼有悼亡妻的词："夜来幽梦忽还乡，小轩窗，正梳妆，相顾无言，唯有泪千行。"这些都是写睹物思人，奈何物是人非。"无泪可沾巾"也写得极符合李煜此时的情态，泪都流干了，无泪可流了，其悲伤过度由此可知。

第二首悼诗是承接上篇的续诗，哀悼的对象仍然是爱子和爱妻。同是五言律诗，却用不同于上篇的表现手法悼念子妻，是将子妻合起来共悼。"艳质"指妻，"芳树"指子；"果实"指子，"花丛"指妻。

"正悲""又苦"这一流水对，不仅对仗工整，而且一脉贯通，层递增忧，极有时间的紧促感和无穷的哀感。"沉沉无问处，千载谢东风"，是无可奈何之叹，是痛彻肺腑之言。宋词中有"泪眼问花花不语，乱红飞过秋千去"，其意境与李煜此诗相同，但其痛感程度却远远没有李煜此诗深刻。

感怀二首（又见桐花发旧枝）

【原文】

其一

又见桐花①发旧枝，一楼烟雨暮凄凄。

凭阑②惆怅人谁会，不觉潸然泪眼低。

其二

层城③无复见娇姿，佳节缠哀不自持。

空有当年旧烟月，芙蓉城④上哭蛾眉。

【题解】

这两首悼亡诗同是为爱妻昭惠皇后所作。《女宪传》："（大周后娥皇病故，李煜）每于花朝月夕，无不伤怀。"为其作诗若干，其中有此二首。

从诗里"又见桐花发旧枝""空有当年旧烟月"等句看，这两首诗应当是在爱妻去世一年后所作，也就是公元965年或以后。诗中的"一楼烟雨暮凄凄""芙蓉城上哭蛾眉"都是情景交融的好句，意象迷离，令人感伤。

【注释】

①桐花：指梧桐的花。桐花是清明节的节花，常表示乡愁、相思、祭祀等义。白居易《寒食江畔》："闻莺树下沉吟立，信马江头取次行。忽见紫桐花怅望，下邽明日是清明。"

②凭阑：凭栏，身倚栏杆。

③层城：指京师，王宫。陈子昂《感遇》诗之二十六："宫女多怨旷，层城闭蛾眉。"

④芙蓉城：古代传说中的仙境。欧阳修《六一诗话》："曼卿卒后，其故人有见之者云，恍惚如梦中，言我今为鬼仙也，所主芙蓉城。"这里指金陵。

【译文】

其一

不止一次地见到桐花发于旧枝，自己凭栏远眺，想摆脱满怀愁绪，但依然落寞惆怅，这种心情是无人能够理解的。想到此，禁不住潸然泪下，低头哀思。

其二

以前节日里两人一同登上王宫的城楼观赏风光，现如今独自登上城楼，不见爱妻面容，佳节中更觉哀不自胜。

【赏析】

第一首诗重在描写眼前的景色。"又见桐花发旧枝，一楼烟雨暮凄凄"，均是眼前之景。第二首诗重在描写想象中的世界，比第一首的设境更加开阔。除"层城"外，"芙蓉城"在传说中也是仙人所居之地，再加上"空有当年旧烟月"，都写的是高空世界，意象壮阔，想像宏远，给人以上穷碧落之感。

"一楼烟雨暮凄凄"，是个极好的艺术造型，是写愁的名句。李后主写愁名句有"问君能有几多愁？恰似一江春水向东流"，使愁有了无穷无尽、持续不断的形象之感。这句"一楼烟雨暮凄凄"，与贺方回的"一川烟草，满城飞絮，梅子黄时雨"一样，使无形的愁有了具体可感的形象。"空有当年旧烟月"一句充满丰富的艺术内涵，与唐诗中的"人面不知何处去，桃花依旧笑春风""归来池苑皆依旧，太液芙蓉未央柳。芙蓉如面柳如眉，对此如何不泪垂"一样，都是发物是人非之叹。当年李后主与爱妻周娥皇两人在烟月下恩恩爱爱，倾诉衷肠，而如今烟月下的景色依旧那么迷人，但是却没有妻子陪伴在身旁，想到爱妻已故，就不能不让人愁肠万断、"缠哀不自持"了。

梅花二首（殷勤移植地）

【原文】

其一

殷勤移植地，曲槛①小栏边。

共约重芳日，还忧不盛妍。

阻风开步障②，乘月溉寒泉。

谁料花前后，蛾眉却不全。

其二

失却烟花主③，东君④自不知。

清香更何用，犹发去年枝。

【题解】

这两首诗都是李煜悼念亡妻周氏的。马令《南唐书》卷六记载：
"尝与后移植梅花于瑶光殿之西，及花时，而后已殂，因成诗见意。"

结合诗里描写的精心呵护梅花、相约来年一起赏花的约定，花开
得十分美丽，但是人却亡故了，由此可知这两首诗应当是昭惠皇后病
逝后的第二年，即公元965年。第一首是五言律诗，第二首是五言绝
句，两首诗都写得亲切自然，明白如话，仿佛是对着昭惠皇后细诉衷

肠，追忆往事，夫妻俩谈着悄悄话。到了最后一句，忽转哀音，凄恻动人，给人以强烈的情感冲击。

【注释】

①曲槛（jiàn）：曲折的栏杆。

②步障：亦作"步鄣"，意即布障，织物制成，用以遮蔽风尘或视线的一种屏幕。《北史》卷八十一记张景仁善书，工草隶，深得北齐废帝高殷的宠爱，呼为博士。景仁体弱多病，凡陪同出行，在道宿处，高殷"每送布障，为遮风寒"。

③烟花主：烟花的主人。这里指美丽的大周后。烟花，雾霭中的花。

④东君：司春之神。

【译文】

其一

夫妻二人共同把梅树移栽到瑶光殿之西的曲槛小阑边。约定好两个人要在来年一同欣赏梅花盛开的美景，当时还担心梅树能不能开出花朵。我俩精心呵护，在梅树周围特意布置了阻挡风尘的布障，还乘着月光将寒渠水引来灌溉。但是谁也没有料到第二年梅花盛开时，只有我一人前来观赏，你却永远没有机会看到这梅花盛开的艳美风姿了。

其二

春天的烟花主人都不在了，春天之神（东君）竟然不知。尽管去年的枝头今年梅花依旧绽放，但要这醉人的清香又有何用呢？

【赏析】

　　这两首诗在内容上前后贯通，抒写当日一起种梅、今日梅开而人不在的悲哀之情，只不过第一首情意绵绵，重感怀，第二首则重感怨，在一条情感流线上展示出两种表述方式，显得摇曳多姿。

　　第一首中，诗人一共选取了三个连贯的场景，温馨而独特：其一，认真地选择了移植梅花的地方，把它种在小栏杆的旁边，护持其尽快扎根成长："殷勤移植地，曲槛小栏边。"其二，憧憬着花开的美好情景，以及等待时的忐忑心情："共约重芳日，还忧不盛妍。"其三，对于梅花的精心护理，担心其遭受风雨、干旱侵害："阻风开步障，乘月溉寒泉。"一切都做得很好，很顺利，但是最后，诗人却以冷静平和的口吻，诉说了一个令前边一切准备都化为乌有的结果，花开而种花人已不在："谁料花前后，蛾眉却不全。"前边越认真、越浓彩重墨，后边的空虚感就越大，失落感就越强烈。情感的失重与期望的幻灭在这首诗中表现得无以复加。

　　第二首续接第一首，纯写作者的情感反应，面对大好春光，诗人却有二怨："失却烟花主，东君自不知"——春天的烟花主人不在了，春天之神（东君）竟自不知，鲜花竟自照旧盛开。此为一怨。"清香更何用，犹发去年枝"——当日唯恐花不开，而现在却在埋怨花开香发。此为二怨。这二怨貌似无理，却极有情，从反面、以激烈的形式表达出诗人对于亡妻炽热的思念之情。

112

书灵筵①手巾②（浮生共憔悴）

【原文】

浮生③共憔悴④，壮岁⑤失婵娟⑥。

汗手遗香渍，痕眉染黛烟⑦。

【题解】

古代丧服之礼，妻死，丈夫要服齐衰（zī cuī）之丧，时间是一年。魏晋以后，丧葬礼仪中有设灵筵一节，唐代则成为定式。灵筵，即灵座或灵床，停放尸体的床。据吴荣光《丧礼门》载："柩东设灵床，施帏帐、枕衾、衣冠、带屦之属，皆如生时。"又《世说新语·伤逝》："顾彦先平生好琴，及丧，家人常以琴置灵床上，张季鹰往哭之，不胜其恸，遂径上床，鼓琴，作数曲。"书灵筵手巾，就是把诗写在置于灵筵的手巾之上。由此可知，这是李后主为悼念昭惠皇后的悼亡诗。时间是在宋太祖乾德二年（964）冬昭惠后刚逝世后。

【注释】

①灵筵：供亡灵的几筵。人死后，生者为祭奠死者而设立的几案，用以供奉灵位、衣物与酒食。《梁书·止足传·顾宪之》："不须常施灵筵，可止设香灯，使致哀者有凭耳。"《颜氏家训·终制》："灵筵勿

设枕几，朔望祥禫唯下白粥清水干枣，不得有酒肉饼果之祭。"王利器《颜氏家训集解》："灵筵，供亡灵之几筵，后人又谓之灵床，或曰仪床。"

②手巾：即毛巾，又称拭手巾、净巾，是擦拭脸手皮肤的日常用品。在中国，手巾自古即被使用，后禅林备之于僧堂、浴室、后架等供大众使用。《毗尼母经》卷八提出净体巾、净面巾、净眼巾之别。《大比丘三千威仪》卷下说明手巾的用处："当用手巾有五事：一者当拭上下头；二者当用一头拭手，以一头拭面止；三者不得持拭鼻；四者以用拭腻污当即浣之；五者不得拭身体，若澡浴各当自有巾。若著僧伽梨时，持手巾有五事：一者不得使巾头垂见，二者不得持白巾，三者当败色令黑，四者不得拭面，五者饭当用覆膝上，饭已当下去。"此处当是大周后净面巾。因为李煜和大周后都笃信佛教，此处"手巾"当是佛教仪礼上的"手巾"。

③浮生：指人生在世，虚浮不定，故称为"浮生"。语出《庄子·刻意》："其生若浮，其死若休。"

④憔悴：忧戚，烦恼。

⑤壮岁：这里指李煜丧妻时的二十八岁。

⑥婵娟：泛指形态美好的女子。这里指大周后。

⑦黛烟：青黑色的颜料，古时女子用以画眉。

【译文】

娥皇自嫁给李煜起，两人就一直相互扶持，携手同进，共度如梦浮生，而在这壮年之际却失去了始终相伴的爱妻，让人难以忍受。灵床上爱妻的汗巾上如今还残留着香脂，又想到娥皇画秀眉印上的眉痕还染着青黛。

【赏析】

这首诗是李煜在亡妻灵座前的随笔之作，信手拈来，十分自然，毫无雕琢的痕迹。

"浮生共憔悴，壮岁失婵娟。"这两句是说娥皇自嫁给李煜，两个人就一直共同分担人生烦恼，共度如梦浮生，而在这壮年之时（娥皇去世时年仅二十九，李煜时年二十八）自己却失去了始终相伴的娥皇。后两句："汗手遗香渍，痕眉染黛烟。"提到手巾之上留下了娥皇擦拭汗手留下的香渍，以及描画秀眉染上的如烟黛痕，娥皇生前两个人生活的点点滴滴一时之间涌上心头。

身处灵室，本就让人哀伤，现在又看到亡妻的遗物，想到过去与亡妻相处的种种，更增添了一层忧伤。由具体遗物汗巾写起，从细微之处着笔，抒写壮岁失妻的痛苦，是此诗的一大特色。

李煜和娥皇成婚的十年间，正是南唐国事开始衰落之时，影响后来南唐国运的许多大事基本上都发生在这一时段，如后周世宗数次讨伐南唐，逼南唐取消帝号；娥皇父亲去世；弘冀立为太子，李煜为避祸而不敢干预政事；弘冀毒死晋王景遂，不久自身也暴亡；赵匡胤代周；中主李璟迁都南昌，立从嘉李煜为太子；中主李璟去世等等。因此，李煜说自己和娥皇"浮生共憔悴"是符合历史事实的，这种共患难的经历也构成了李煜这首诗真切感人的生活基础。

书琵琶背（侁自肩如削）

【原文】

侁①自肩如削②，难胜数缕绦。

天香留凤尾③，余暖在檀槽④。

【题解】

大周后是一位善弹琵琶的女子，据记载，李璟因此将自己十分爱惜的烧槽琵琶赐赠于她。大周后病重，将"元宗所赐琵琶，及尝臂玉环"赠别李煜。由此可知，李煜诗中所记的琵琶有着非同一般的意义。一是代表周后的公公李璟对周后高超的弹奏艺术的奖赏；二是周后临终前赠与李煜的诀别之物，李煜对此自然珍重异常。陆游《南唐书》记载，大周后死后，伤痛欲绝的李煜"自制诔，刻之石，与后所爱金屑檀槽琵琶同葬"。李煜看到爱妻的琵琶想起爱妻的生前种种，于是在琵琶背上写下了这首诗，表达对亡妻的无限思念之情。据此，这首诗当作于大周后下葬之前。

【注释】

①侁（shēn）：行貌。

②肩如削：典出曹植《洛神赋》："肩若削成，腰若束素。"

③凤尾：指琵琶上端安放弦柱的部位，形状为凤凰尾。

④槽：琵琶上架弦的格子。

【译文】

她肩细如削，几乎纤丽到了难以承受数条丝带的地步。她身上独特的香味依然留在琵琶的凤尾里，琵琶上架弦的格子里也还残留着她怀抱时的余温。

【赏析】

看见爱妻生前喜欢的琵琶，李煜自然就想到爱妻生前演奏琵琶的模样，她肩细如削，身上的丝带索索作响，让人沉醉。"侁自肩如削，难胜数缕绦。"这两句对妻子弹奏琵琶的描写十分细腻，犹如人在眼前，琵琶声声声入耳。后两句诗尤其富有意味。"天香留凤尾"是实写，写诗人确确实实嗅到了琵琶上爱妻的余香；"余暖在檀槽"则是虚写，是诗人自己的想象。恍惚之间，李煜感到爱妻仿佛刚弹奏一曲，琵琶上还残留她的余温。檀槽上其实不可能有余温了，但李煜忽觉此情此景才刚刚发生，事实却是这永不可能重来。泪雾散去，出现在诗人眼前的只是这冰冷的琵琶，真情由此而出。

九月十日偶书（晚雨秋阴酒乍醒）

【原文】

晚雨秋阴酒乍醒，感时心绪杳①难平。

黄花冷落不成艳，红叶飕飀②竞鼓声。

背世返能厌俗态，偶缘③犹未忘多情④。

自从双鬓斑斑白，不学安仁却自惊⑤。

【题解】

这首诗见元好问编《唐诗鼓吹》卷十。诗有"自从双鬓斑斑白，不学安仁却自惊"句，典出潘岳《秋兴赋序》，潘岳时年三十二岁。如以此推断，则李煜作此诗的时间是开宝元年（968）。当时其爱子仲宣夭折，随后爱妻大周后伤心过度病亡，又加之国势日蹙，倒也与这首诗表现出的悲观厌世心境吻合。

【注释】

①杳：幽深。

②飕飀（sōu liú）：象声词，指风雨声。

③缘：佛教用语，尘缘的简称，谓心识所缘色、声、香、味、触、法六尘境。

④忘多情：忘掉世俗的情缘。《世说新语·伤逝四》："王戎丧儿万子，山简往省之，王悲不自胜。简曰：'孩抱中物，何至于此！'王曰：'圣人忘情，最下不及情；情之所钟，正在我辈。'简服其言，更为之恸。"

⑤安仁：潘岳，字安仁。潘岳《秋兴赋》："晋十有四年，余春秋三十有二，始见二毛。"这两句，诗人说他如潘岳一样双鬓斑白，却不像潘岳那样感到吃惊。

【译文】

秋季一个阴冷的夜里下起了一场冷雨，酒后惊醒，怎么也挥断不了愁情。看到满地的落叶黄花，听到风雨中的红叶飒飒作响。想要背弃世俗，不同流俗，但偶有机缘，还是摆脱不了世俗的情缘。自从双鬓斑白后，已经参透世情，心灰意冷，不会像潘岳那样多愁善感了。

【赏析】

这首诗充分体现了诗人矛盾的心情。他自认为随着年龄的增长，经历的增加，就能参透俗世，看透俗事，不会像潘岳那样多愁善感了，但是遇到"晚雨秋阴"的景象，依然难平心绪。开篇两句，写傍晚秋阴、酒醉乍醒，客观条件（季节气候不佳、身体状况不佳）和主观条件（感时）都令诗人心情不能平静，从而为全诗定下了情感基调。三四两句，写秋日风景，"黄花""红叶"本是秋天里最具生命力的物象了，然而在诗人眼中，单一的黄花却远远构不成绚丽的色彩，而红色的叶子在风雨之中飒飒作响，如沙场鼓声，徒增秋日的肃杀之气。

"背世返能厌俗态，偶缘犹未忘多情"与"自从双鬓斑斑白，不学安仁却自惊"两句中表现了诗人"心绪难平"。不妨回顾一下当时李煜为了超脱于皇位之争而筑室钟山读书，即位之后在北方的威压之下还是不改诗书歌舞之乐，即可了解其"背世""厌俗态"的高雅之意；而对于丧子、亡妻痛苦的诗词咏叹，都是发生在面对北方军事威胁的背景之下，则我们于此又不难领会其"多情"背后的软弱无助。

当多愁善感的词人被推上君王的位置，在弱肉强食的乱世求生存的时候，大约应该都是李煜这种悲秋的样子：满怀恐惧，满怀凄惶，直至在两鬓斑白中走向毁灭。

李煜词
全鉴
珍藏版

120

病中感怀（憔悴年来甚）

【原文】

憔悴年来甚，萧条益自伤。

风威侵病骨，雨气咽愁肠。

夜鼎①唯煎药，朝髭②半染霜。

前缘竟何似，谁与问空王。

【题解】

这首诗虽然写得充满悲苦情绪，但还不像是入宋以后之作，因为这种悲苦更多是宗教情怀。诗里记述了李煜愁病交加、无法排遣的境况，以及希望能在痛苦煎熬中得到解脱。联想到李煜即位后期国势日衰，北宋大军日见侵逼的现实，这首诗反映的就不仅是对病体的忧叹，还有心病和愁苦在其中，对国事的担忧也隐隐可见。方回在《瀛奎律髓》中评论这首诗时，批评李煜"集中多言病"，没有帝王气象。方回应该是读过李煜作品集的，他认为这首诗是李煜作于为君王时，应该是有根据的。

【注释】

①鼎：古代烹煮用的器物，一般三足两耳。

②髭（zī）：嘴边的胡子。

【译文】

　　本就重病在身，精神憔悴，看到外边一片萧条的深秋景象，心中不禁又多了一份哀伤。寒秋的风雨侵入病骨，让人愁肠哽咽。夜里给自己煮调理身体的药，到了早上胡须就变白了，如同秋霜。谁能替我问问佛祖，为什么让我承受亡子、亡妻、国衰、病笃等种种痛苦。

【赏析】

　　全诗摹写肉体、精神的痛苦挥之不去，纤毫入微，但在内容上却是毫无生气。诗的开端便将自己置于漫无边际的痛苦之中。"憔悴年来甚，萧条益自伤。"近年来，身体一天不如一天，身边亲人接连亡故，令人黯然神伤。寥寥十字，却能刻画出茫茫天地间一个孤独悲伤的灵魂。"风威侵病骨，雨气咽愁肠。"描写风雨之下病骨难支的病态，侧面写出悲伤对人身体的摧残。"夜鼎唯煎药，朝髭半染霜。"通过"煎药""朝髭"两个细节进一步凸现哀愁导致的病态。最后一句，诗人将疑问转向缥缈的佛祖：我的人生因果究竟是什么？谁能替我问问佛祖？此诗把体病、心病、人情、秋景、家事、国事等融合在一体，全诗都笼罩在一层伤感的云雾中。

病中书事（病身坚固道情深）

【原文】

病身坚固道情①深，宴坐②清香思自任③。

月照静居唯捣药，门扃④幽院只来禽。

庸医懒听词何取，小婢将⑤行力未禁⑥。

赖问空门⑦知气味⑧，不然烦恼⑨万涂侵。

【题解】

这首诗与前一首应该同作于李后主生病期间，其内容相似，皆描写病中感受，但此诗宗教情怀更浓。两首诗的不同之处在于，前首诗侧重抒怀，抒发病中情怀；这首诗侧重叙事，叙写病重的诸琐事，诗里所写之事有浓郁的生活气息，如静居月照，杜门谢客，懒听庸医之妄语，体贴小婢之力弱等。由此可知写此诗时，李煜的病已经近于痊愈，因此字里行间透露着轻松之感。相比上首诗，没有了压抑感，诗中李煜无世事搅扰，无俗情牵挂，清闲自在，十分生动。

【注释】

①道情：修道者超凡脱俗的情操，这里指佛教信仰。

②宴坐：佛经中指修行者静坐。

③自任：自觉承担；当作自身的职责。《孟子·万章下》："其自任以天下之重也。"

④扃（jiōng）：门闩。

⑤将：扶助，搀扶。

⑥禁：承受。

⑦空门：佛教。佛教宣扬万物皆空，故称空门。

⑧气味：比喻意趣或情调。

⑨烦恼：佛教用语，谓迷惑不觉，包括贪、嗔、痴等根本烦恼以及随烦恼，能扰乱身心，引生诸苦，为轮回之因。

【译文】

病中闲坐户外，一阵清风吹来，只觉得神清气爽，香气袭人，突然感到病体轻松了许多，不禁思绪万千，任其驰思。明月高照，静居幽雅，只有捣药的声音咚咚作响；小门紧

锁，深院幽静，没有杂人杂事来打扰，只有小鸟时时飞来与人亲近。久病难愈，可见宫中的御医们都医术低劣，自己也懒得再听他们的诊断。身边的小婢搀扶着自己散步，可又感觉疲劳。自己多亏懂得了不少佛教道理，才获得了许多生活情趣，要不然尘世的烦恼会从各方面侵来，使人陷入愁江苦海。

【赏析】

全诗从细微处入手，通过描写日常生活中的琐碎之事，来抒写病中的感受。诗中有"庸医""小婢"，还有清风、明月、飞鸟等具体的事物，可使读者通过感知这些人物和景物体会到诗人的内心感受。"宴坐清香思自任"，写难得的清闲自在。"月照静居唯捣药，门扃幽院只来禽"，是身为九五之尊的帝王难以享受的生活，平常人都怕门庭冷落，唯有帝王难得一遇这种清闲，所以感慨也就显得真切自然。"庸医懒听词何取，小婢将行力未禁。"庸医的话根本懒得听取，携小婢散步却又感觉疲劳。幸而诗人在最后一句"赖问空门知气味，不然烦恼万涂侵"中点明，生活全靠在佛法中寻找乐趣，否则早就被万般烦恼吞噬了。

题《金楼子》①后（牙签万轴里红绡）

【原文】

牙签②万轴里红绡，王粲③书同付火烧。

不是祖龙④留面目，遗篇那得到今朝。

【题解】

这是一首咏史诗，题写于梁元帝萧绎所撰的《金楼子》之后，并在正文前附了一段小序。小序的大概意思是说，梁元帝曾说，王粲在荆州为刘表效命时作了数十篇文章，后来荆州被攻破，王粲便将自己的文章全部烧毁，仅留了一篇。当时的文人名士看到后都称赞写得好，但是遗憾不能看到全貌。后来都城江陵被西魏宇文泰带兵攻陷，梁元帝也将自己所藏的书全部焚毁。上述两件焚书事件如出一辙，李煜对此深有感慨，便做了这首诗。

这首诗见于宋代无名氏的《枫窗小牍》，云："余尝见内库书《金楼子》有李后主手题……"可见，《枫窗小牍》作者曾在皇家书库见过梁元帝的《金楼子》，而此书正是赵匡胤从南唐那里掠夺来的，显然曾为李煜所有。据此，此诗当作于李煜入宋之前，也可能是即位之前所作。

【注释】

①《金楼子》：书名，梁元帝为湘东王时自号金楼子，因以名书。这本书采用札记、随感的形式，或前引名言成句，后加自己的看法；或借题发挥以阐发自己的思想；或记述史实以劝诫子女；或追叙往事，聊以自慰；或转志奇事，欲广闻见；或记述交游，以叙友情，等等。《金楼子》是梁元帝从青年时代起就亲自动手搜集材料逐年撰写而成的。梁元帝，即萧绎（508—554），初封湘东郡王，公元552年登基，称梁元帝。梁元帝一生博览群书，儒释道兼通，而且还完成了大量学术著作，所以《梁书·元帝本纪》称赞他："既长好学，博综群书，下笔成章，出言为论，才辩敏速，冠绝一时。"史称其藏书十四万卷，于江陵城破时自己烧毁，并用宝剑狂砍竹柱，仰天长叹："文武之道，今夜尽矣！"

②牙签：系在书卷上作为标识以便于翻检的签牌，一般用牙骨制成，故称。这里代指书。

③王粲（177—217）：字仲宣，山阳高平人，三国时曹魏名臣，著名文学家。其祖为汉朝三公，与李膺齐名。早年王粲曾得到蔡邕的赏识，后到荆州依附刘表。刘表以王粲其人貌不副其名而且躯体羸弱，不甚见重。刘表死后，王粲劝刘表次子刘琮归降于曹操。曹操辟王粲为丞相掾，赐爵关内侯。王粲文学成就颇高，尤以诗赋见长，与刘桢、孔融等合称"建安七子"，有《王侍中集》。

④祖龙：指秦始皇。《史记·秦始皇本纪》："三十六年……秋，使者从关东夜过华阴平舒道，有人持璧遮使者曰：'为吾遗滈池君。'因言曰：'今年祖龙死。'"裴骃《集解》引苏林曰："祖，始也；龙，人

君像。谓始皇也。"因为其曾焚书，故将其与焚书事相关联。

【译文】

王粲和梁元帝十分爱惜自己收藏的书籍，经常将牙签放置其中便于翻检，又用红丝布包裹珍存，但在自己所在的城池被攻陷以后，却一把火烧掉了自己所有的珍藏。因为秦始皇焚书坑儒未赶尽杀绝，才能使那些残留的诗文保存到今天。

【赏析】

李煜是一位十分喜爱读书的文人，所以也很珍爱自己的藏书。他对王粲和梁元帝放火焚书的行为不以为然，还将其与秦始皇作对比，言明二人连秦始皇都不如。诗人先对王粲和梁元帝惜书焚书的行为进行描写，然后笔锋一转，写秦始皇著名的焚书坑儒之举，这样就有了可比性。秦始皇当年焚书的目的是怕人读书推翻他的专制，但秦朝存在没多长时间还是灭亡了，而且灭秦的还是不读书的刘邦和项羽，可见国家的兴旺衰败与读书焚书并无关系。推绎至此，诗的主题也就水落石出了。

渡中江望石城泣下（江南江北旧家乡）

【原文】

江南①江北②旧家乡，三十年来梦一场。

吴苑③宫闱今冷落，广陵④台殿已荒凉。

云笼远岫⑤愁千片，雨打归舟泪万行。

兄弟四人三百口，不堪闲坐细思量。

【题解】

中江，水名，古三江之一。《书·禹贡》记载："东为中江，入于海。"是长江的中下游。石城，南唐国都，即石头城，战国时楚国称之为金陵，到三国时期孙权改称石头城。据记载，宋太祖开宝八年（975）十一月二十七日夜半，金陵城被宋军攻陷，南唐灭亡。次年正月，李煜肉袒出降，被宋军押至宋城汴京，被宋封为具有讽刺意味的"违命侯"。他被押解北上，在渡口上回望自己的故都石头城，不禁潸然泪下，作了这首七律。诗中描写了家国破败的残败景象，表达了李后主愁苦不堪的心境和对迷茫未来的担忧。

这首诗见宋代郑文宝《江表志》卷一，题作"泰州永宁宫"。但郑文宝认为这首诗是南吴君主杨溥所作，而马令《南唐书》《江南野史》

《类说》皆认为是后主作。四库馆臣认为郑文宝"亲事后主，所闻当得其真。是以可以订马书之误"。《江南余载》卷下也认为是杨溥作于泰州。诗歌写诗人丧家失国之后的落魄景象和凄凉心境，认为是杨溥或李煜皆可。

【注释】

①江南："江南"的含义在古代文献中是变化多样的。它常是一个与"江北""中原"等区域概念相并立的词，且含糊不清。从历史上看，江南既是一个自然地理区域，也是一个社会政治区域。南京、苏州、镇江、常州、无锡等苏南地区，江西东北部上饶、景德镇、九江等地区，浙江北部杭州、嘉兴、湖州、绍兴等地区，安徽南部的芜湖、马鞍山、铜陵、池州（九华山）及徽州地区，为典型意义上的狭义江南。

②江北：长江以北地区，相对长江以南而言，包括江苏省、安徽省长江以北、淮河以南地区。《宋史·世家传一·李煜》："（乾德）二年，又诏江北，许诸州民及诸监盐亭户缘江采捕及过江贸易。"

③吴苑：犹言"吴宫"，多指王朝兴亡，不必确指。如李白《登金陵凤凰台》诗："吴宫花草埋幽径，晋代衣冠成古丘。"

④广陵：魏晋南北朝时期长江北岸的重要都市和军事重镇。春秋末，吴于此凿邗沟，以通江淮，争霸中原。秦置县，西汉设广陵国，东汉改为广陵郡，以广陵县为治所，故址在今淮安市。

⑤岫（xiù）：山。

【译文】

江南江北是我的故乡，三十年岁月如同做梦一样。金陵宫殿如今冷落荒凉、人去楼空。云烟笼罩着远处的峰峦，如同愁绪千片；细雨滴打着远行小舟，如同悲泪万行。自己四兄弟家人共约三百口，闲坐时甚至不忍细细思量。

【赏析】

这首诗情真意切，写出了李后主的亡国之恨，符合初亡国君主的心理特点。由万人之上的君主而沦为阶下囚，对李煜来说是人生中一次重大的转折，从而也极大地影响了他诗词的风格。诗在排景布局上，由江南转到江北，从吴苑写到广陵，由往昔写到今日，由眼前写到未来，写遍了他所身历的时空领域，也由此发出人生如梦的浩叹和沧桑巨变的感慨。"吴苑宫闱今冷落，广陵台殿已荒凉。云笼远岫愁千片，雨打归舟泪万行。"此两句为名句，对仗工整，含义深刻又形象生动。尤其是"云笼远岫愁千片，雨打归舟泪万行"，将近景与远景恰当结合，将愁绪与恨情交融，寓情于景，把情感移接在云岫雨舟上，具体可感，引发读者的联想。

残句（迢迢牵牛星）

【原文】

迢迢①牵牛星，杳②在河之阳。

粲粲③黄姑女，耿耿④遥相望。

【题解】

最早见于宋代龚明之的《中吴纪闻》卷四"黄姑织女"条，其文曰：昆山县东三十六里，地名黄姑。古老相传云：尝有织女、牵牛星降于此地，织女以金篦划河，河水涌溢，牵牛因不得渡。今庙之西，有水名"百沸河"，乡人异之，为之立祠。按《荆楚岁时记》：黄姑者，河鼓也。牵牛谓之河鼓，后人讹其声为黄姑。潘子直云："亦犹桑落之语，转呼为索郎耳。"乡人因以名其地，见于题咏甚众。《古乐府》云："东飞伯劳西飞燕，黄姑织女时相见。"李太白诗云："黄姑与织女，相去不盈尺。"李后主诗云："迢迢牵牛星，杳在河之阳。粲粲黄姑女，耿耿遥相望。"刘筠内翰诗云："伯劳东翥燕西飞，又报黄姑织女期。"建炎兵火时，士大夫在东冈避难，有个姓范的人经过，在壁间写下："商飙初至月埋轮，乌鹊桥边绰约身。闻道佳期唯一夕，因何朝暮对斯人。"乡人遂去牵牛像，今独织女存焉。祷祈之间，灵迹甚著。

每遇七夕，人皆合钱为青苗会，所收之多寡，持杯玦问之，无毫厘不验，一方甚敬之。旧有庙记，今不复存矣。

由此可见，后主这首诗应该是咏写织女。只是将织女写为黄姑女，与他人不同。

【注释】

①迢迢：高远貌。《古诗十九首》："迢迢牵牛星，皎皎河汉女。"

②杳：《香祖笔记》作"渺"。

③粲粲：鲜明貌。《诗·小雅·大东》："西人之子，粲粲衣服。"《朱熹集传》："粲粲，鲜盛貌。"

④耿耿：微明貌。谢朓《暂使下都夜发新林至京邑赠西府同僚》："秋河曙耿耿，寒渚夜苍苍。"

【译文】

天际的牵牛星，远在黄河的北面。美丽的织女星和它遥遥地隔岸相望。

【赏析】

这几句诗写牛郎和织女被茫茫的天河阻隔不能相见，只能在银河两侧遥遥相望，当是七夕之作，歌咏真挚的爱情。

落花（莺狂应有限）

【原文】

莺狂应有限，蝶舞已无多。

【题解】

陆游在《老学庵笔记》卷四中记载：李后主《落花》诗云："莺狂应有限，蝶舞已无多。"未几亡国。宋子京亦有《落花》诗云："香随蜂蜜尽，红入燕泥干。"亦不久下世，诗谶盖有之矣。

【译文】

黄莺和蝴蝶飞舞的日子不多了，生命即将结束了。

【赏析】

《老学庵笔记》云："作此未久亡国。"可知写作时间在公元 974 年南唐即将灭亡时。诗言"蝶舞已无多"，是写深秋时蝴蝶即将走完一生，没有多少生存之日了。故知此诗以描写秋景为主。

金铜蟾蜍砚滴铭^①（舍月窟）

【原文】

舍月窟^②，伏棐几^③，为我用，贮清泚^④。端溪石^⑤，澄心纸^⑥，陈玄氏^⑦，毛锥子^⑧。微我润泽乌用汝，同列^⑨无哗听驱使。

【题解】

李煜生于分裂、动荡的五代十国时期，身世起落很大。无论是诸王斗法，还是出任沿江巡抚、继位为国主，均在刀枪剑戟中过日子。一个化家为国者，只好闹中取静、乱中求安，其诗、词、赋、文、书、画，都是在此种环境中所作。

诗中的抒情主人公，仍是君，而笔、墨、纸、砚是诸陋，在听他指挥。诗眼在一个"哗"字。帝王诗词，帝王烙印，于中可见。

【注释】

①蟾蜍砚滴：蟾蜍形的砚滴。砚滴，滴水入砚的文具，也称水注。铭：文体的一种，古代常刻于碑版或器物，或以称功德，或用以自警。

②舍月窟：指蟾蜍离开了月亮。《后汉书·天文志上》："言其时星辰之变。"刘昭注："羿请无死之药于西王母，姮娥窃之以奔月……姮娥遂托身于月，是为蟾蜍。"

135

③棐（fěi）几：用棐木做的几桌，亦泛指几桌。《晋书·王羲之传》："尝诣门生家，见棐几滑净，因书之，真草相半。"棐，即榧子树，常绿乔木，树皮灰绿色，叶线状呈针形，四月间开花，雌雄异株。种子有硬壳，两端尖，仁可以吃，亦可入药，木材可供建筑，通称香榧。

④清泚（cǐ）：清澈的水。

⑤端溪石：这里指端砚。端溪，溪名，在广东高要县东南，产砚石，制成者称端溪砚或端砚，为砚中上品。

⑥澄心纸：李煜所造的一种细薄光润的纸，以澄心堂得名。澄心堂，南唐烈祖李昪所居室名。宋代陈师道《后山谈丛》卷二："澄心堂，南唐烈祖节度金陵之燕居也。世以为元宗书殿，误矣。"陆游《南唐书·后主纪》："置澄心堂于内苑，引能文士及徐元机、元榆、元枢兄弟居其间，中旨由之而出。"

⑦陈玄氏：墨的别称。墨色黑，存放年代越陈越佳，故称。韩愈《毛颖传》："颖与绛人陈玄、弘农陶泓及会稽褚先生友善，相推致，其出处必偕。"

⑧毛锥子：毛笔的别称，因其形如锥，束毛而成，故名。《旧五代史·汉书·史弘肇传》："弘肇又厉声言曰：'安朝廷，定祸乱，直须长枪大剑，至如毛锥子，焉足用哉！'"

⑨同列：同一班列，同等地位。

【译文】

蟾蜍离开了月亮，伏在桌几之上，化作砚滴的形状为我所用，满贮清水。名贵的端砚，澄心堂的纸，墨与毛笔，你们这些家伙，如果没有砚滴润泽而研出墨汁，你们又有什么用？因此大家都不要喧哗吵闹，听我安排就是了。

【赏析】

此铭文见元代陆友仁《砚北杂志》卷下，书中详细记录了铭文的内容及其铭刻的位置：

李仲芳家有南唐金铜蟾蜍砚滴，重厚奇古，磨灭处金色愈明，非近世涂金比也。腹下有篆铭，云："舍月窟（左足心），伏棐几（右足心）；为我用（左后足），贮清泚（右后足）；端溪石，澄心纸（领下左右各三字）；陈玄氏，毛锥子（腹之两旁各三字）；微吾润泽乌用汝，同列无哗听驱使（腹下两旁各七字）。"又尝见一涂金小方鼎，底铭口口（二字）。

铭文以砚滴的口吻，自伐其功，教训同伴，不可一世之概，令人忍俊不禁。

陆友仁并没有明确指出这就是李煜作品，仅仅说这砚滴是南唐之物。大约因为文中提到了"澄心堂纸"，所以大家将其归入了李煜名下。

幸后湖开宴赏荷花作（蓼梢蘸水火不灭）

【原文】

蓼梢蘸水火不灭，水鸟惊鱼银梭投。

满目荷花千万顷，红碧相杂敷①清流。

孙武已斩吴宫女②，琉璃池③上佳人头。

【题解】

这首诗见宋代无名氏《分门古今类事》卷十三"谶兆门上"，诗的内容是合并《翰苑名谈》和《诗话》而作：

江南李后主尝一日幸后湖，开宴赏荷花，忽作古诗云："蓼梢蘸水火不灭，水鸟惊鱼银梭投。满目荷花千万顷，红碧相杂敷清流。孙武已斩吴宫女，琉璃池上佳人头。"当时识者咸谓吴宫中而有佳人头，非吉兆也。是年，王师吊伐，城将破，或梦丱（guàn）角女子行空中，以巨筛（shāi）筛物，散落如豆着地，皆人头。问其故，曰："此当死于难者。"最后一人，冠服堕地，云："此徐舍人也。"既寤，徐锴已死围城中。

这段记载读来令人触目惊心而备感神秘恐怖。据上述内容可知，正是在南唐灭亡那一年，李煜赏荷花，突然心血来潮写下了这首诗。

【注释】

①敷：开放，绽放。

②孙武已斩吴宫女：事见司马迁《史记·孙子吴起列传》："（孙武为吴王阖间训练宫女，阖间）出宫中美女，得百八十人。孙子分为二队，以王之宠姬二人各为队长，皆令持戟。令之曰：'汝知而心与左右手背乎？'妇人曰：'知之。'孙子曰：'前，则视心；左，视左手；右，视右手；后，即视背。'妇人曰：'诺。'约束既布，乃设铁钺，即三令五申之。于是鼓之右，妇人大笑。孙子曰：'约束不明，申令不熟，将之罪也。'复三令五申。而鼓之左，妇人复大笑。孙子曰：'约束不明，申令不熟，将之罪也。既已明而不如法者，吏士之罪也。'乃欲斩左右队长。吴王从台上观，见且斩爱姬，大骇。趣使使下令曰：'寡人已知将军能用兵矣！寡人非此二姬，食不甘味，愿勿斩也。'孙子曰：'臣既已受命为将，将在军，君命有所不受。'遂斩队长二人以徇。用其次为队长，于是复鼓之。妇人左右前后跪起皆中规矩绳墨，无敢出声。于是孙子使使报王曰：'兵既整齐，王可试下观之，唯王所欲用之，虽赴水火犹可也。'"

③琉璃池：指水如琉璃一样的池子。典出《佛说无量寿经》："内外左右，有诸浴池……八功德水，湛然盈满，清净香洁，味如甘露。黄金池者，底白银沙。白银池者，底黄金沙。水精池者，底琉璃沙。琉璃池者，底水精沙……紫金池者，底白玉沙。"

【译文】

蓼花似火，绽放在水上，水鸟划过水面，惊得鱼儿上下穿梭。千万顷的荷花绽放在水面之上，与满池荷叶红碧相间，绚丽异常。这千万顷的美丽荷花，宛若当年孙武斩落的宫女之头。

【赏析】

诗的前四句，赏心悦目，漂亮非常："蓼梢蘸水火不灭，水鸟惊鱼银梭投。满目荷花千万顷，红碧相杂敷清流。"蓼花似火，绽放在水上，水鸟划过水面，惊得鱼儿上下穿梭。就在这充满动感的背景下，千万顷的荷花绽放在水面之上，与满池荷叶红碧相间。这本来是很雅致的景观，但是最后结句的想象，却充满了血腥和不祥："孙武已斩吴宫女，琉璃池上佳人头。"试想一下：那荷花如同孙武当年斩落的宫女的头颅，而如火的蓼花映照下的水面则宛若一池血水！难怪当时人们都认为此诗不是吉兆。

宋代阮阅《诗话总龟》卷三十一引用了《摭遗》的材料，认为这首诗是李璟所作，但是同样将其列入"诗谶门"，并说："识者谓：虽佳句，然宫中有佳人头，非吉也。"

悼仲宣铭（呜呼）

【原文】

呜呼！庭兰伊何①？方春而零；掌珠②伊何？在玩而倾③。珠沉媚泽④，兰陨芳馨⑤。人犹沮恨，我若为情。萧萧极野⑥，寂寂重扃⑦。与子长诀⑧，挥涕⑨吞声。噫嘻⑩哀哉！

【题解】

本文收于徐铉文集中，附于徐铉《岐王墓志铭》后。原墓志铭文有二，此为其二："又铭一首，至尊所作。上省'庭兰''掌珠'之句，谓得比兴之实，遂广其意，发为斯文。亲迁宸翰，批于纸尾，足以厚君亲之义，行慈孝之风。是用勒石，永光泉户。谨记。"据此，则此铭为李煜所作。铭文中的岐王为李煜次子，名仲宣，卒年仅四岁。

【注释】

①伊何：如何，怎样。阮籍《咏怀诗》之三："我心伊何，其芳若兰。"

②掌珠：即掌上明珠，亦作"掌中珠""掌上珠"。比喻极受疼爱的人，后多指极受父母钟爱的儿女。

③玩：把玩。倾：死，丧。唐代韦璞玉《京兆功曹韦希损墓志》：

"开元七年八月九日，倾于新昌里第之中堂。"

④珠沉媚泽：意谓珍珠消亡。沉，隐伏，隐没。扬雄《太玄·玄图》："阴阳沉交，四时潜伏。"范望注："沉，犹隐也。"媚泽，美丽的光泽。

⑤陨（yǔn）：失去，丧失。芳馨：芳香。

⑥极野：遍野。孟浩然《示孟郊》诗："蔓草蔽极野，兰芝结孤根。"

⑦重扃：这里指坟墓的重重门户。

⑧长诀：永别。《孔子家语·颜回》："父死家贫，卖子以葬，与之长决。"

⑨挥涕：挥洒涕泪。《孔子家语·曲礼子夏问》："二三妇人之欲供先祀者，谓无瘠色，无挥涕，无拊膺，无哀容。"王肃注："挥涕，不哭。流涕以手挥之。"

⑩噫嘻：叹词，表示慨叹。

【译文】

呜呼！庭兰又如何，还不是春尽的时候就凋零了；明珠又如何，还不是在把玩之际失去了光芒。心爱的珍珠失去了美丽的光泽、心爱的庭兰没有了芳香，谁会不沮丧痛苦呢？而我，失去的是具有庭兰、掌珠双重属性的宝物，我又当如何？冬日白杨萧萧的原野，冰冷空旷、门户重重的坟墓，最终让我与爱子离别，伤心过度，不禁泣不成声！哀哉！

【赏析】

李煜这篇铭文，运用比兴手法，简短精致，感情真挚，算得上一篇佳作。

全篇分三层意思。第一层："呜呼！庭兰伊何？方春而零；掌珠伊何？在玩而倾。"用庭兰、掌珠来比喻自己的爱子，以庭兰在春天凋零、掌上明珠在把玩之际失去光芒来比喻爱子的离去，并接连用了两个问句来宣泄乍失爱子之时的摧心悲痛和难以置信。

第二层："珠沉媚泽，兰陨芳馨。人犹沮恨，我若为情。"将珠沉、兰陨两种损失向自己痛失爱子的情形自然过渡。心爱的珍珠失去了美丽的光泽，心爱的庭兰失去了芳香，任谁都会沮丧痛苦，而我，失去的是具有庭兰、掌珠双重属性的宝物，我又当如何？披发问天，正是一个悲痛的父亲形象。

最后一层："萧萧极野，寂寂重扃。与子长诀，挥涕吞声。噫嘻哀哉！"书写埋葬仲宣的情景。冬日白杨萧萧的原野，冰冷空旷、门户重重的坟墓，最终淹没了聪颖可爱的仲宣幼弱的身躯，徐铉《岐王墓志铭》载仲宣"甲子岁冬十月二日薨于阁内，年四岁。主上（李煜）痛幼敏之异，极天慈之怀，诏辍朝七日，册赠司徒，追封岐王"，"既而感上圣之忘情，遵先王之从俭。节

哀简礼，以厚古风。即以其月十有八日，备卤簿鼓吹，葬于江宁府某县某里之原"。李煜泣不成声，挥泪而别，描写完毕自我形象之后，最后以一句哀痛欲绝的慨叹结束："噫嘻哀哉！"

徐铉在《岐王墓志铭》里栩栩如生地记载了这位早夭的小王子的日常表现：

"至于禁中娱侍，常在左右。或异宫一日，则思恋通宵。翌旦未明，必亲至御幄。须奉颜色，然后即安。其孝也如此。

"始二岁，上亲授以《孝经》杂言，虽未尽识其字，而每至发端止句之处，皆默记不忘。至于寝疾，近数千言矣。

"时听奏乐，必振袂击节，成中律度。工人试中变其曲，王辄止之曰：'非前曲也。'虽周郎之顾，何以加焉。其慧也如此。"

懂事不骄，聪慧不凡，四岁已经认得几千个字，几项优点叠加，放在今天，也算得上小天才了，一旦逝去，不唯李煜，千载之下的读者，又岂不助一掬泪？

下篇　李煜存疑词选粹

开元乐（心事数茎白发）

【原文】

心事数茎白发①，生涯一片青山②。

空山有雪相待，野路无人自还。

【题解】

关于这首词是何人所作，有三种说法。其一是说张继作，见《全唐诗》。其二是说顾况作，见《万首唐人绝句》卷二十六。其三是说李煜作，见邵长光辑录《南唐二主词》，唐圭璋《南唐二主词汇笺》。

从这首词的大意来推断，可能是李煜亡国后的作品，主要是写作者对身世际遇的叹惋和心中的抑郁之情。

【注释】

①数茎白发：几根白发。杜甫《乐游园歌》："数茎白发那抛得，百罚深杯亦不辞。"

②生涯：生活。杜甫《杜位宅守岁》："谁能更拘束，烂醉是生涯。"青山：一名青林山，在安徽当涂县东南。谢朓曾筑室山南，唐天宝中因改名谢公山。这里借指隐居之地。

【译文】

诗人满怀心事，年纪不大白发已上头。生涯如同青山一片，起伏不平，坎坎坷坷。

林子里空虚无物，只有皑皑白雪寒气袭人；茫茫原野的荒路上，空无一人，只好折返。

【赏析】

李煜身为阶下之囚，故国之思不时魂牵梦萦，促使他写下若干词章。有时，也顿生慕隐之想，这大概便是这一首《开元乐》的写作契机。说他有慕隐之想，这里由"心事"二字可以看出。在囚禁中，李煜已早生华发。他想着如果能摆脱囚禁，即使舍弃了帝王生活也值得。"一片青山"下的生活，该有多么令人神往。这两句，是由现实到理想的境界，"空山"两句，又从理想回到现实。空山只有雪，野路又无人，只好回来，再作阶下之囚。这样，全词由现实到理想，再由理想回到现实，慕隐思想一时产生，又被严酷的现实击碎，其失落和惆怅，就蕴含其中了。

这首词对仗工整，"白发"对"青山"，"数茎"对"一片"，"空林"对"野路"，"有雪"对"无人"，让读者深切地感受到了作者的心境，增强了全词的表达效果和艺术感染力。

全词好像描绘了一幅凄美的画卷，以画境衬出心境，手法委婉但愁情自现，通过寥寥几笔水墨画式的白描，烘托出孤寂冷清的气氛，一个莽原独行者立刻浮现在读者的脑海中。

三台令（不寐倦长更）

【原文】

不寐倦长更，披衣出户行。

月寒秋竹冷，风切夜窗声。

【题解】

沈雄《古今词话·词辨》卷上："《三台》舞曲，自汉有之。唐王建、刘禹锡、韦应物诸人有宫中、上皇、江南、突厥之别。"此词《古今词话》引《教坊记》作后主词。又传为唐无名氏所作，见郭茂倩《乐府诗集》，题作《上皇三台》。又传为韦应物作，见明嘉靖本《万首唐人绝句》卷七及《全唐诗》卷二十六；而韦集汲古阁本《韦苏州集》《四部丛刊》本《韦江洲集》均不收此词。或因为《乐府诗集》此首前为韦应物《三台》两首，洪迈《万首唐人绝句》及《全唐诗》遂误以此首亦韦所作，一并收入。王国维辑本《南唐二主词》列入补遗，兹依王辑本收入。

【译文】

夜太长了，尽管我已经很疲惫了，但还是难以入睡，只好披上衣服到户外走走。

户外的寒月下秋竹发出飒飒的声音，急切的风声吹打在窗户上。

【赏析】

全篇写了词人深夜难以入睡，出门夜行打发长夜之际的所见所感。

先写不寐——难以入睡，于是披衣出户而行便成了顺理成章的选择，然而，户外所见，其实不如不见：眼前寒月当头，秋竹森森，令人油然而生寒意；耳中风声凄切，穿窗过户，更增寒意与凄凉。

这首词算得上写秋夜的绝佳小品。

浣溪纱（转烛飘蓬一梦归）

【原文】

转烛①飘蓬②一梦归，欲寻陈迹怅人非，天教心愿与身违。

待月池台空逝水③，映花④楼阁谩斜晖，登临不惜更沾衣。

【题解】

从词意上看，应当是李煜亡国后不久所作，悲凉凄苦，怅恨难消。他登临远眺，不禁感慨万千，泪流满面，生出无限忧愁，遂写词以抒发感慨。

这首词并见《阳春集》。《花草粹编》作冯延巳作。《全唐诗》《历代诗余》均作后主作。

【注释】

①转烛：是说世事随时变化，如同转烛一样。

②飘蓬：草名，秋枯根拔，随风飘转。

③逝水：《花草粹编》作"游水"，当系刊误。

④映花：《阳春集》《花草粹编》、刘补本均作"荫花"。《全唐诗》作"映"。

【译文】

世事无常，如同转烛一样随时变化，如同飘蓬一样随风飘动，一旦回到家乡，方才如梦初醒；想试着找寻一下从前的时光，却事与愿违。

池台在等待月亮升起，水不断流逝，我在楼阁里鲜花旁，望着傍晚的斜阳，登山临水再也看不到往昔的身影，禁不住泪水沾湿衣襟。

【赏析】

这首词描写的是作者怅恨无依、登临感怀的情状。词的开篇以"转烛""飘蓬"表达作者恍若在梦中的状态，也只有在梦中，自己才能回到故国，重拾旧欢。但是"欲寻陈迹"才发现，岁月轮转，物是人非，重温旧梦只不过是徒增怅恨罢了。心愿难以实现，怅恨不得消解，好像一切都是上天注定，既是如此，自己只能在凄凉悲苦的现实里叹息了。

词的前三句句句感慨，字字关情，将自己美好的愿望和残酷的现实一一对照，形成强烈的反差，充分表现了作者愁恨无奈的悲凉心境。

词的后三句以景入手，借景抒情。"待月池台"不仅是眼前能看到的实景，更是作者心头的美好愿景，自己一直思念着梦中的"池台"，只是思而不得，才会发出"空逝水"的感叹，仅仅一个"空"字，将作者的寂寞、凄凉描述得淋漓尽致。"映花楼阁"是作者能看到的景色，同时也是梦里的景色，可是如此美好的景色在夕阳的照耀下却显得惨淡凄凉，大约是因为作者心中思念故国的感伤吧。"登临"是全词的词眼，正是由于作者登高远望，才会引发怀思故国的感伤，可是故国再也回不去了，心中顿时充满无限怅恨。当所有的忧思向自己袭来，不知不觉便已"泪沾衣"。

整首词前直后曲，简单易懂，用词巧妙，相得益彰。虽然词中弥漫着低沉的情绪，但是情意真切，有很强的艺术感染力。

柳枝（风情渐老见春羞）

【原文】

风情①渐老见春羞，到处芳②魂感旧游。

多见③长条似相识，强垂烟穗④拂人头。

【题解】

《柳枝》，原为民间歌谣，名《折杨柳》。乐府瑟调曲有《折杨柳行》。横吹有《折杨柳歌辞》。清商曲辞有《月节折杨柳歌》。白居易居洛邑，翻制六朝之《折杨柳歌辞》得十二首，与刘禹锡唱和。新声传入教坊，声情轻隽，与《竹枝》大同小异，与七绝微有区分，共二十八字，诗名《杨柳枝》，词名《柳枝》。宋代张邦基《墨庄漫录》卷二："江南李后主尝于黄罗扇上书赐宫人庆奴云：'风情渐老见春羞（余词略）。'庆奴，南唐一宫人小字。后主诗，实柳枝词也。"王仲闻《南唐二主词校订》案："此首别见宋姚宽《西溪丛语》卷上、邵博《邵氏闻见后录》卷十七、张邦基《墨庄漫录》卷二、明顾起元《客座赘语》卷四、清《全唐诗》第一函第二册（题作赐宫人庆奴），未云是词。沈雄《古今词话》《历代诗余》并引《客座赘语》（《历代诗余》实引沈雄《古今词话》之说，未检原书）以为《柳枝词》，未知何据。"

【注释】

①风情：风月的情绪，也指男女在风晨月夕谈情说爱的情事。

②芳：《西溪丛语》《邵氏见闻后录》《墨庄漫录》《客座赘语》《全唐诗》作"消"。

③见：同上作"谢"。

④穗：同上作"态"。植物的花实结聚在茎端的叫"穗"。烟穗：烟笼罩着的穗，形容很茂密，与"柳如烟""柳生烟"同样的表达。

【译文】

美好的年华已经逝而不返，见到春天已让人感到害羞，再到昔日同游的地方走走，真让人感到失魂落魄。

感谢这些似曾相识的柳枝，他们争相将茂密的穗条垂下来，轻拂我的头。

【赏析】

这是代宫女庆奴之作。主人公曾受过宠爱，可是青春不再，勉强求宠，招人厌烦，因而感昔伤今。

"风情"句自感年华已过，自伤自艾；"强垂"句求宠不得，不求不行，无可奈何，艺术的构思和造型都很值得学习。主人公的感慨代表了宫女们的共同心情，也是她们的必然遭遇，在那个时代具有普遍意义。后主代为抒情，体察入微，不以为耻，反以为乐，是他腐朽靡烂生活的十足表现。

宋代张邦基：江南李后主曾于黄罗扇上书赐宫人庆奴云："风情渐老见春羞……"想见其风流也。扇至今传在贵人家。（《墨庄漫录》卷二）

宋代姚宽《西溪丛话》：毕景儒有李重光黄罗扇写诗一首，云："风情渐老见春羞，到处销魂感旧游。多谢长条似相识，强垂烟态拂人头。"后细字云"赐庆奴"。庆奴似宫人小字，诗似柳诗。

明代顾起元："见春羞"三字，新而警。（《客座赘语》卷四）

清代《御选历代诗余》卷一百十三引《客座赘语》：南唐宫人庆奴，后主尝赐以词，云："风情渐老见春羞，到处芳魂感旧游。多见长条似相识，强垂烟穗拂人头。"书于黄罗扇上，流落人间。盖《柳枝词》也。

后庭花破子（玉树后庭前）

【原文】

玉树后庭前，瑶草①妆镜边。去年人不老，今年月又圆。莫教偏，和月和花②，天③教④长少年。

【题解】

这首词写一个少女对美好生活的向往。她先回忆了许多美好的景象，"玉树""遥草""花""月"，都象征着美好的生活、活泼的青春。她身上洋溢着蓬勃的生命力，憧憬着未来的幸福。她希望能够与心上的少年一起，在花前月下恩恩爱爱，天长地久，永不分开。

关于此词的作者，有五说。一说为李煜作，二说为王恽作，三说为邵亨贞作，四说为赵孟頫作，五说为冯延巳作。

《词谱》卷二：《后庭花破子》，《太平乐府》注：仙吕调。《唐书·礼乐志》：夷则羽，俗呼仙吕调。此金元小令，与唐词《后庭花》、宋词《玉树后庭花》异。所谓破子者，以其繁声入破也。《花草粹编》收此词，未标作者姓名。四印斋本《阳春集》补遗后附注："《词辨》上卷引陈氏《乐书》云：'《后庭花破子》，李后主、冯延巳已相率为之。'此词李作冯作，惜未载明。各本选录李词，亦无此阕。"《词谱》

亦云：《后庭花破子》调创自金元，与《乐书》所谓"李后主、冯延巳已相率为之"之语又不相符。王国维辑本《南唐二主词》列在补遗中，兹依王辑本收入。

【注释】

①草：《遗山乐府》作"华"。

②和月和花：《遗山乐府》《花草粹编》作"和花和月"。

③天：各家补遗俱作"天"。康熙己巳宝翰楼原刻本《古今词话》实作"大"，唐圭璋《词话丛编》本亦讹作"天"。

④教：《遗山乐府》《花草粹编》作"家"。

【译文】

佳木美花，点缀在前庭后院，布满了室内镜边，令人赏心悦目。去年的花树依然生机勃勃，繁花锦枝，又在今年的月圆之夜竞相开放，香气袭人。花好、月圆两者都不可偏废，伴和着鲜花，伴和着圆月，上天让人青春永驻，让人容貌永远美好。

【赏析】

这首词用诸如玉树、瑶草、鲜花、圆月等许多美好的事物，寄寓了词中主人公美好的愿望：青春永驻，幸福长存。与苏东坡词所言"但愿人长久，千里共婵娟"有异曲同工之妙。

这首词的一大特色是对仗工整优美。"玉树后庭前，瑶草妆镜边"是空间景物的对仗；"去年花不老，今年月又圆"是时间景物的对仗。而所有这些对仗又都融合成统一的艺术形象。

更漏子（金雀钗）

【原文】

金雀钗①，红粉面，花里暂时相见。知我意，感君怜②，此情须问天。

香作穗③，蜡成泪，还似两人心意。山枕腻④，锦衾寒，夜来⑤更漏残。

【题解】

《更漏子》，又称之为《付金钗》《独倚楼》《翻翠袖》《无漏子》。《尊前集》注"大石调"，《黄钟商》又注"商调"（夷则商）。《金奁集》入"林钟商调"。《词律》卷四、《词谱》卷六列此词。

关于这首词作者的说法有二，有人认为是温庭筠所作，有人认为是李后主所作。

《尊前集》说这首词是李后主为爱妻大周后所作的"挽悼之词"。根据词意并结合李煜其他有关悼念大周后的作品，确实很像李煜的作品。前半段写二人梦中相会，后半段写夜半对她的思念。与苏轼悼亡词"十年生死两茫茫，不思量，自难忘。千里孤坟，无处话凄凉"有相似之处。这首词见于五代赵崇祚辑《花间集》、温庭筠《金奁集》、明代陈耀文辑《花草粹编》诸书中，一直被视为温庭筠的作品。按《花间集》成书时间，当时李煜年方四五岁，且此词风格与温庭筠风格非常相似，故这首词是温庭筠作品的可能性较大。

【注释】

①金雀钗：华贵的首饰。钗头缀上金雀形的钗，古代妇女插在头上用以挽头发。如《长恨歌》："花钿委地无人收，翠翘金雀玉搔头。"又作金爵钗。曹植《美女篇》："头上金爵钗，腰佩翠琅玕。"

②"知我意"二句：上句主语是君，下句主语是我。怜：爱。

③香作穗：谓香烧成了灰烬，像穗一样坠落下来。此处形容男子心冷如香灰。

④山枕腻：谓枕头为泪水所污。山枕，枕头堆叠如山。腻，指泪污。

⑤夜来：《花间集》《金奁集》《花草粹编》《历代诗余》均作"觉来"。

【译文】

她头戴金钗，面如红粉，在花丛里与我携手相会。两人心意相通，但相逢短暂。问老天爷为什么如此对我俩的这份情义？

梦醒后却是香烧成穗，蜡炬成泪，这不正像我们两个人的心意吗？在珊瑚枕上辗转反侧，只觉得丝绸被子格外寒冷。夜已经很深了，自己被愁情折磨了整整一夜。

【赏析】

这首词虚实结合，上部分写梦境，下部分写实景，是一篇凄苦的相思悼亡词。全篇作者没有提一个"梦"字，但我们读到下半部分时，恍然大悟，原来上部分全是梦中场景。苏轼悼亡妻词中有句："夜来幽梦忽还乡，小轩窗，正梳妆。相顾无言，唯有泪千行。"是明写梦。此词上片的"金雀钗，红粉面，花里暂时相见"是暗写梦，读完全篇词后方能领略。

作者采用对比手法，以"知我意"与"感君怜"来表达两个人梦中相会时的心心相印。

而且全篇也采用了对比的手法，上片写梦中欢情，下片写现实悲愁。

以"蜡成泪"来喻人流泪，以"锦衾寒"来喻人心寒，也很生动深刻。

忆王孙（四首）（萋萋芳草忆王孙）

【原文】

萋萋芳草忆王孙①，柳外楼高空断魂。杜宇②声声不忍闻。欲黄昏，雨打梨花深闭门③。

【题解】

这是四首组词，写春、夏、秋、冬四季思妇的闺愁，她寂寞无聊，忆人寄望，愁恨绵绵。

关于这首及下面三首《忆王孙》词的作者，宋代黄升的《唐宋诸贤绝妙词选》、明代陈耀文的《花草粹编》都认为是宋人李重元的作品，清代夏秉衡编《清绮轩词选》始题为李重光所作。盖"重光"为"重元"之误，故王仲闻推断这四首词为李重元作品，但"明人或清初人即已误作李煜，不始于《清绮轩词选》也"。又《御选历代诗余》将这四首词误为李甲。李甲，字景元，盖亦"重元"之误。陈钟秀本《草堂诗余》卷上、《类编草堂诗余》卷一、《词谱》卷一以第一首为秦观词。

又，《清绮轩词选》题作"春景"。《唐宋诸贤绝妙词选》题作"春词"。《花草粹编》题作"春"。

【注释】

①萋萋芳草忆王孙：淮南小山《召隐士》："王孙游兮不归，春草生兮萋萋。"萋萋，草长得茂盛的样子。

②杜宇：传说中的古蜀国国王，死后化为鸟。

③雨打梨花深闭门：唐代刘方平《春怨》："寂寞空庭春欲晚，梨花满地不开门。"

【译文】

佳人透过柳丝向野外眺望，只见楼外柳丝长长，地上芳草萋萋。杜鹃鸟每年春天鸣叫不已，心烦时刻听此哀音，更让人难以忍受。快到黄昏的时候，又下起了渐渐暮雨，雨滴打在梨花上，其声揪心，不如深闭院门。

【原文】

风蒲猎猎①小池塘，过雨荷花满院香。沈李浮瓜冰雪凉。竹方床，针线慵②拈午梦长。

【题解】

宋代《草堂诗余》题曰"周美成"。《清绮轩词选》题作"夏景"。《唐宋诸贤绝妙词选》题作"夏词"。《花草粹编》题作"夏"。

【注释】

①猎猎：形容物体随风飘拂的样子。

②慵：困倦，懒得动。

【译文】

阵阵南风猎猎吹来，掠过小池塘，掠过菖蒲草，把经轻雨洗过的荷花芳香吹了满院。为了消暑，把瓜李沉在水里，入口犹如冰雪一样凉爽。坐在竹方床上，懒得做针线活，只觉得午夜长长，难以入睡。

【原文】

飕飕风冷荻花①秋，明月斜侵独倚楼。十二珠帘不上钩。黯凝眸，一点渔灯古渡头。

【题解】

《词林万选》以为是与之词，《彊村丛书》本《范文正公诗余》归之于范成大。王仲闻认为俱误。《唐宋诸贤绝妙词选》题作"秋词"。《花草粹编》题作"秋"。

【注释】

①荻（dí）花：多年生草本植物。形状像芦苇，地下茎蔓延，叶子长形，生长在水边，茎可以编席箔。荻花初开为紫色花穗，快凋谢的时候是白色。

【译文】

深秋时节，寒风吹过荻花，月光斜洒下来，照在落寞的楼头。门上的珠帘因无人前来，从未挂上钩。闺中人神情黯淡地望着丈夫远去的方向，只见古渡头凄凄无人，只有渔家透出的一点灯火在暮色里闪闪发光。

【原文】

同云①风扫雪初晴，天外孤鸿三两声。独拥寒衾不忍听。月笼明，窗外梅花瘦影②横。

【题解】

《类编草堂诗余》认为是欧阳修词。《清绮轩词选》题作"冬景"。《唐宋诸贤绝妙词选》题作"冬词"。《花草粹编》题作"冬"。

【注释】

①同云：《唐宋诸贤绝妙词选》作"彤云"。彤云：阴云。

②瘦影：《类编草堂诗余》作"影瘦"。

【译文】

尽管阴云寒风已经完全消失，雪停天晴，但眼前还是周天寒彻，耳中仍能听到孤鸿的哀鸣，声音凄厉，我裹着冰冷的被子不忍再听。月光照大地，十分明亮，依稀看得到梅花的影子稀稀落落地映在窗户上。

【赏析】

《忆王孙》词共四首，从词的意思来看，应是同一时间所作，通过春、夏、秋、冬四个季节分写闺中思妇的四季之愁。这四首词读来，像是在听一个怨妇浅浅低唱四季歌一般，哀婉动人，又饱含愁绪。

每首词中都有一个抒情点，围绕这个抒情点展现愁思，是这组词的特别之处。这四首词的抒情点分别是"杜宇声""沉李浮瓜""一点渔灯"和"孤鸿声"。听到杜鹃声、孤鸿声，或看到李瓜影、渔灯影，引起愁情，引起心绪。

另一个突出的特色就是每首词的末句都意味深长，寓意无尽。"雨打梨花深闭门""针线慵拈午夜长""一点渔灯古渡头""窗外梅花瘦影横"，都蕴含着无穷的情愫，拨动着读者的心弦，使人久久不能平静。

第三个特点就是人物与景色的结合，自然景物中映射出人的影子。"一点渔灯古渡头"，是渡头景观，仿佛孤独的愁妇也独立渡头，倩影销尽夕阳前。"窗外梅花瘦影横"，梅瘦人也瘦，让人想到思妇因思念而日渐消瘦的身影。

南歌子（云鬓裁新绿）

【原文】

云鬓裁新绿，霞衣曳晓红。待歌凝立翠筵中，一朵彩云何事下巫峰①。

趁拍鸾飞镜②，回身燕扬空。莫翻红袖过帘栊，怕被杨花勾引嫁东风。

【题解】

关于此词的作者，有二说。一说为苏东坡作，见《六十家词》。一说为李后主作，见《南唐二主词》。

这是一首写歌女于宴间表演的词。前两句写她的打扮，色彩分明，十分艳丽。三四句写她陪宴时的神态，她站在人群中间，好像巫山神女下凡一样，光彩照人。最后两句写得非常有韵味，她太美丽了，美得都让人害怕她被杨花勾引，嫁给春风，说明她很得宠爱。

【注释】

① "一朵"句：用宋玉《高唐赋》典。

② 鸾飞镜：即鸾镜。据南朝宋范泰《鸾鸟诗》序中记载："昔罽宾王结置峻祁之山，获一鸾鸟，王甚爱之，欲其鸣而不致也。乃饰以金

樊，飨以珍馐。对之逾戚，三年不鸣。夫人曰：'闻鸟见其类而后鸣，何不悬镜以映之？'王从言。鸾睹影感契，慨焉悲鸣，哀响中霄，一奋而绝。"后就用"鸾镜"指化妆时用的镜子。

【译文】

乌亮的鬓发有如新绿般可爱，美丽的衣裳有如朝霞般鲜红。歌女凝立宴前，准备表演，虽不动而有情，仿佛一朵彩云从巫峰上飘下，美丽有如巫山神女。

歌女趁着节拍，翩翩起舞，就像鸾鸟一样轻盈；回身旋转时，又像燕子一样飞扬。歌女啊，你的红袖不要翻扬得过高，如果扬过了窗户，我真害怕你被杨花勾引而去，嫁给了春风。

【赏析】

这首词主要特点有三：

一是用色彩表达感情。"霞衣曳晓红""一朵彩云何事下巫峰""莫翻红袖过帘栊",词人用红色描写歌女的艳丽,同时暗示女子的青春如火。"新绿""翠筵"与红色形成色彩反差,令整个画面色彩绚丽,形成强烈的视觉效果。

二是以典故增加联想。传说中美丽浪漫的"巫山神女"和凄美动人的"鸾镜",能让读者发挥想象,从而加深了对歌女神采飞扬、婀娜多姿的形象的感受。

三是以奇特的想象表达歌女的美艳动人。"莫翻红袖过帘栊,怕被杨花勾引嫁东风",这种想象令读者不由自主地感叹:歌女真乃绝代佳人。把比喻和想象结合,形成了极强的艺术感染力。

青玉案（梵宫百尺同云护）

【原文】

梵宫①百尺同云②护，渐白满，苍苔路。破腊梅花李早露。银涛无际，玉山万里，寒罩江南树。

鸦啼影乱天将暮，海月纤痕映烟雾。修竹低垂孤鹤舞。杨花风弄，鹅毛天剪，总是诗人误。

【题解】

这是一首咏雪词。上片写飞雪的气象，下片写飞雪的姿态，意境壮美，耐人寻味。《古今诗余醉》卷十四录此词为李后主作，不知何据。王仲闻认为其词意浅显，风格与李煜不类。

【注释】

①梵宫：寺庙。

②同云：即"彤云"，红的云。

【译文】

大雪将至未至时，高百尺的佛寺上笼罩着一层红云。雪花飘洒，不一会儿，长满苔藓的小路上就满是一片白色。在银装素裹的世界里，早有梅花李花吐出红色花蕾。放眼望去，大地一片苍茫，犹如滚滚银涛；白色雪山，犹如冰玉耸立。寒气笼罩了江南所有的林木。

寒鸦啼叫着飞过，天色将暗，月亮似漂浮在寒气笼罩的海面上。厚重的冰雪压弯了长长的竹子，白鹤独自起舞。古往今来很多诗句，总将漫天的雪花比作风弄杨花，天剪鹅毛，似是贴切，实则是一种误解，还应有更好的意象去抒写雪景。

【赏析】

这是一首咏雪词。上片用白描手法，气象恢弘，景象壮观。下片妙喻连篇，意象鲜明。全词无一雪字，而雪景盎然。称得上是不着一字尽得风流。末三句表现出作者对雪景的独特见解，他认为把雪花飞舞比做风弄杨花，天剪鹅毛，虽是妙喻，却显陈旧。究竟该怎么比喻，他没有明说，但从"银涛无限，玉山万里"中，可看出他对雪景的理解。

帝台春（芳草碧色）

【原文】

芳草碧色，萋萋遍南陌①。飞絮乱红，也似知人，春愁无力②。忆得盈盈拾翠侣，共携赏，凤城寒食③。到今来，海角逢春，天涯行客④。

愁旋释，还似织⑤。泪暗拭，又偷滴⑥。漫伫立，倚遍危栏，尽黄昏，也正是，暮云凝碧⑦。拼则而今已拼了，忘则怎生便忘得⑧。又还问鳞鸿，试重寻消息⑨。

【题解】

《帝台春》，《唐音癸签》卷十三《唐曲》云是唐教坊曲名。

关于这首词的作者，有三种说法。一说为李璟作。见《十国春秋·元宗本纪》："元宗《帝台春》词，称为绝伦。"二说为李甲作。见《词综》："《帝台春》词，李甲作。"下注曰："字景元，华亭人。"三说为李煜作。多家选本都把此词归入李煜词集。

这首词仍脱不了南唐时期柔婉词风的影响，但词里多用口语和直白语言来念旧游、怀远人，与李煜早期词风格十分接近。

【注释】

①芳草碧色，萋萋遍南陌：南陌，无实指，代指野外阡陌。这两

句说，春草一片碧绿，小路上到处是芳香的春草。"萋萋"二字，暗含别意。白居易《赋得古原草送别》："又送王孙去，萋萋满别情。"

②飞絮乱红，也似知人，春愁无力：飞絮，飞扬的柳絮。乱红，随风飘落的红花。这三句写早春景色，以词人看之，飞絮乱红似知人意，随风轻轻飞扬，与人的春愁一样，无力无劲。秦观《春日》中的"有情芍药含春泪，无力蔷薇卧晚枝"，与此词意同，都是写词人眼中的早春景象。

③忆得盈盈拾翠侣，共携赏，凤城寒食：盈盈，女子娇美之态。拾翠侣，古人春游，采集百草为乐，结伴而采。凤城，京都。寒食，节令名，清明前两天。这两句是倒置，意为：记得当年在春末寒食季节，侍女们携手做伴，踏春野游，采拾百草，京都周围充满了笑语欢声。

④到今来，海角逢春，天涯行客：这三句写现实，当年的欢乐已成为记忆，今年又逢春暖时节，而我却在天涯海角作客，看到的是异地春色。

⑤愁旋释，还似织：旋，很快。春愁很快消释，但又很快回来了，就像织布用的梭子一样，来回穿动，无穷无尽。

⑥泪暗拭，又偷滴：这两句与上两句意同，伤心的泪刚刚擦掉，又滴落下来了。"暗""偷"二字极妙，是对心理的刻画，表示不愿让旁人看到。

⑦漫伫立，倚遍危栏，尽黄昏，也正是，暮云凝碧：危栏，高栏。尽黄昏，一直到黄昏。这里交代了时间地点。为了解愁，自己到楼台阁亭去看春景，随意而行，靠遍了所有高高的栏杆，一直到黄昏时分，

心情还是很暗淡，黄昏的云彩凝结着碧色，也凝结着我的愁恨。

⑧拼则而今已拼了，忘则怎生便忘得：拼，割舍。该割舍的旧情已经割舍了，但怎么还是忘不掉呢？

⑨又还问鳞鸿，试重寻消息：鳞，代鱼。鸿，雁。指鱼雁传书。结尾两句言明意旨所归，我还是希望能得到旧时情人的音信，重新打探她的消息，以重温旧情，聊释新恨。

【译文】

春草一片碧绿，阡陌上到处都是芳香的春草。飞絮乱红，好像知道人的心意，随风轻轻飞扬。记得当年在春末寒食季节，侍女们携手做伴，踏春野游，采拾百草，京都周围都充满了笑语欢声。现在又到了春暖时节，我却在天涯海角作客，看到的

是异地春色。

春愁消释了，但很快又回来，就像织布用的梭子一样，无穷无尽。伤心的泪刚刚擦掉，又流了下来。为了解愁，到楼台阁亭去看春景，随心所欲地行走，倚遍了所有高高的栏杆，就这样一直到黄昏时分，心情仍然像黄昏的云彩，满是愁恨。该割舍的旧情已经割舍了，但怎么还是念念不忘呢？希望能得到旧时情人的消息，以重温旧情，聊释新恨。

【赏析】

这首词的主题是感旧怀人。上片由眼前景写到往日情，再回到现今的状况，交叉运用顺叙、倒叙。词中的内容写春天芳草遍陌，飞絮乱红，正适合踏春野游。到现在还清晰地记得当年与意中人一起携手踏春，笑语欢声至今不绝于耳。而现在自己却独身远行，孤苦伶仃，无人陪伴。

下片则直抒胸臆。往事带来的痛苦太让人难以承受了，主人公想尽一切办法尝试去忘记，包括拭泪、倚危栏、拼却割舍等，但还是无济于事。于是，又重新燃起希望，想知道恋人现今的情况来抚慰心中忧愁。

浣溪沙（风压轻云贴水飞）

【原文】

风压轻云贴水飞^①，乍晴池馆燕争泥^②。沈郎多病不胜衣^③。
沙上未闻鸿雁信^④，竹间时听鹧鸪啼^⑤。此情唯有落花知^⑥。

【题解】

关于此词的作者，有五种说法。一说是李后主作，见《草堂诗余》。二说是晏殊作，见《珠玉词》。三说是苏东坡作，见《东坡乐府》。四说是李景作，见《花草粹编》。五说是李璟作，见《全唐诗》。

从词意看，这首词的主人公是位女子。"沈郎"是借称自己的丈夫，他身体病弱，出门在外让人担心。"沙上未闻鸿雁信"，是埋怨丈夫那么长时间还没有一点音信。"此情唯有落花知"，既明确地表达自己的心意，又点明写作时间是在落花时节。

【注释】

①风压轻云贴水飞：压，约束，形容微风引带着薄云缓缓移动的样子。贴水飞，云贴近水面漂浮。

②乍晴池馆燕争泥：乍晴，刚晴。燕争泥，燕子争着衔泥筑窝。这句也写的是春天特有的景色，天气放晴了，燕子在水边馆舍争着衔

泥筑窝，一派繁忙的景象。

③沈郎多病不胜衣：沈郎，沈约。据《梁书·沈约传》中记载，沈约致书好友徐勉："老病百日数旬，革带常应移孔，以手握臂，率计月小半分。以此推算，岂能支久？"意思是说他老病腰瘦。后人遂以沈郎、沈腰喻指人的消瘦。这句当是以沈郎代指情郎，是词中女主人公的口气，她担心春寒时节，情郎会因此愁病，体弱承受不住衣服。

④沙上未闻鸿雁信：这句写自己每天遥望沙滩，希望能看见鸿雁的身影，让它捎来情郎的书信，可是每次都让人失望。

⑤竹间时听鹧鸪啼：鹧鸪是古典诗词中经常出现的描写对象，它的叫声往往与愁情别恨联结在一起。因为它的叫声很像"行不得也哥哥"，让人牵肠挂肚。这句是借鹧鸪声写愁情。

⑥此情唯有落花知：末句表明自己很孤苦，想念情郎的心思连情

郎都不知，更不用说别人了。只有将此情付与落花，让它知晓，因为它的境况与我相同。

【译文】

微风轻轻地吹着白云，云朵贴近水面漂浮着，天气初晴，燕子在水边馆舍争着衔泥筑窝。她担心春寒时节情郎会因此生病消瘦，承受不住衣服。

沙滩上一直没有看到鸿雁带来书信，竹林里时时能听到鹧鸪鸟的叫声。想念情郎的心思只有落花知道。

【赏析】

这是一首思妇念夫的词。"风压轻云贴水飞"，是无声的动态；"乍晴池馆燕争泥"，是有声的动态；"沙上未闻鸿雁信"，是想听的声音却听不到；"竹间时听鹧鸪啼"，是不想听的声音却听到了。这四句无声与有声相对，有心听与无心听相错，可见作者构思时煞费苦心，使整首词起伏不平、错落有致。

附 录

附录一　李煜经典批书文著作赏读

即位上宋太祖表（臣本于诸子）

【原文】

臣本于诸子①，实愧非才，自出胶庠②，心疏利禄。被父兄之荫育③，乐日月以优游④，思追巢许之余尘⑤，远慕夷齐⑥之高义。既倾恳悃⑦，上告先君，固非虚词，人多知者。徒以伯仲继没，次第推迁，先世谓臣克习义方，既长且嫡，俾司国事⑧。遽易年华，及乎暂赴豫章，留居建业，正储副之位，分监抚之权⑨。惧弗克堪，常深自励，不谓奄丁艰罚，遂玷缵承⑩，因顾肯堂⑪，不敢灭性⑫。然念先世君临江表⑬，垂二十年，中间务在倦勤⑭，将思释负。臣亡兄文献太子弘冀⑮，将从内禅⑯，已决宿心，而世宗敦劝⑰既深，议言因息。

【题解】

南唐自公元958年割淮南之地以奉后周，已去帝号、年号，奉周之正朔，表示附庸之意。公元960年赵匡胤立宋代周之后，改年号为建隆，南唐同时改行纪年，以示对宋朝的依顺。就在宋太祖赵匡胤建隆二年（961）的六月，李璟死于豫章（今南昌）。七月，灵柩运回建业（今南京），举办丧事。同年秋，原来留守南京的太子奉丧即位，改从嘉旧名为煜。尊母后，册皇后，封立诸弟为王，任命重臣，大赦天下。自此，李煜正式登基，成为南唐国君，并即刻向宋朝传递消息。据李焘《续资治通鉴长编》卷二记载，建隆二年八月甲辰，李煜先派桂阳郡公徐邈北上，向宋太祖进奉父亲李璟的遗表。九月壬戌，再遣

中书侍郎冯延鲁携贡金北上，向宋太祖进奉自己手书的即位之表。《宋史》卷四百七十八《南唐李氏世家》记载更为详细："（李煜）遣户部尚书冯泌（延鲁）来贡金器二千两，银器二万两，纱罗缯彩三万匹，且奉表陈绍袭之意云云。"李煜即位后遣臣朝见宋朝，这种程序的先后与使者官阶的高低安排，都可见初登基的李煜对宋朝极尽恭敬之心。

这篇上表即当时由冯延鲁奉上，题目当然为后人所改写。因

"太祖"乃赵匡胤死后的庙号。有学者认为这篇表录自《宋史》卷四百七十八，没有奏章的范式，当不是完整的文字。《续资治通鉴长编》卷二记载此事说："唐主手表自陈本志冲淡，不得已而绍袭，事大国不敢有二，邻于吴越，恐为所谗。"据此，当知本文应是上表的主体。

李煜表达了三层意思，其一，"不得已而绍袭"；其二，"事大国不敢有二"；其三，"邻于吴越，恐为所谗"。其一二或许是例行公事，但其三却是李煜要申述的重点。李煜表明，自己对大宋忠心耿耿，却不能避免吴越的谗言而激怒大国。先表示南唐军队一定会自我约束，然后再恳求宋朝一定要烛鉴是非，正确审视南唐和吴越的矛盾。事实上，作为南方两大割据政权之一的吴越国彼时的处境同南唐一样。钱俶虽位在君王，但战战兢兢，如履薄冰，也是自顾不暇。而李煜之所以在这里郑重提出，实际上是表明自己清楚形势利害，希望宋太祖不要以此为口实而向南唐动武。通观这篇上表，阐明己意，斟酌其词，言辞谦卑。但李煜期望以礼义来打动甚或约束宋朝的扩张，实在是太天真了。《宋史》记载赵匡胤收阅这封上表，仅淡淡说了句"太祖诏答焉"。公元975年的冬天，金陵围城已近一年，破灭在即，李煜派徐铉去向宋太祖言理说情，殿廷之下，请问"李煜何罪？"开始时，赵匡胤还耐着性子听着徐铉的说辞，听得不耐烦时，打断了徐铉，说了一句："不须多言。江南亦有何罪？但天下一家，卧榻之侧，岂容他人鼾睡！"（《东都事略》卷二十三）

【注释】

①臣本于诸子：南唐中主李璟十子二女。陆游《南唐书》卷十六：

"元宗（李璟）十子：弘冀（长子）、弘茂（次子）、后主（六子）、从善（七子）、从镒（八子）、从谦（九子）、从庆、从信，凡八人可见，而从庆、从信失其官封，又二人并逸其名。钟皇后生弘冀、后主、从善、从谦，自弘茂以下，皆不知其母。"

②胶庠（xiáng）：周代学校名，周时胶为大学，庠为小学，后世通称学校为"胶庠"。

③荫育：庇荫养育。荫，庇荫，指封建时代子孙因先世有功劳而得到封赏或免罪。

④优游：悠闲自得。

⑤巢许：巢父和许由的并称，二人皆是传说中的隐士。巢父，尧时的隐士。晋代皇甫谧《高士传·巢父》："巢父者，尧时隐人也，山居不营世利，年老以树为巢而寝其上，故时人号曰巢父。"许由，相传尧让以天下，不受，遁居于颍水之阳箕山之下。尧又召为九州岛岛长，由不愿闻，洗耳于颍水之滨。余尘：后尘。比喻在他人之后。

⑥夷齐：伯夷和叔齐的并称。二人为商末孤竹君之子。相传其父遗命要立次子叔齐为继承人。孤竹君死后，叔齐让位给伯夷，伯夷不受，叔齐也不愿登位，一起逃到周国。周武王伐纣，二人叩马谏阻。武王灭商后，他们耻食周粟，采薇而食，饿死于首阳山。见《吕氏春秋·诚廉》《史记·伯夷列传》。

⑦悃愊（kǔn）：恳切忠诚。

⑧"徒以伯仲继没"至"俾（bǐ）司国事"数句：在李璟诸子中，庶子排名于李煜前的二哥弘茂保大九年（951）七月卒，其余亦皆卒；李璟正室钟氏所生四子中，李煜排名第二，其大哥弘冀显德六年（959）九月卒，李煜于是一跃成为王位第一继承人，同年九月由郑王

徙封为吴王，以尚书令知政事，居东宫。推迁，推移变迁。先世，前代，祖先。这里指去世的父亲李璟。义方，行事应该遵守的规范和道理。俾，使。

⑨ "及乎暂赴豫章"至"分监抚之权"数句：豫章，即洪都，今江西南昌。建业，即金陵，今江苏南京。正储副之位，指立为太子。储副，国之副君，指太子。监抚，指监国、抚军，为太子的职责。

⑩不谓奄丁艰罚，遂玷缵（zuǎn）承：元宗迁都后，"豫章迫隘，官府营署皆不能容，群臣日夕思归，国主悔怒"，"六月，国主殂于南都，年四十有六"。太子嗣立于金陵，更名煜。奄，忽然，骤然。

丁艰，即丁忧，亦称丁家艰，指遭逢父母丧事。旧制，父母死后，子女要守丧，三年内不做官、不婚娶、不赴宴、不应考。玷，犹"忝"，自谦之词。缵承，继承。缵，继也。

⑪肯堂：指继承父业。《尚书·大诰》："若考作室，既底法，厥子乃弗肯堂，矧肯构？"孔颖达传："以作室喻政治也，父已致法，子乃不肯为堂基，况肯构立屋乎？"后因以"肯堂肯构"或"肯构肯堂"比喻子能继承父业。

⑫灭性：谓因丧亲过哀而毁灭生命。

⑬江表：江外。泛指长江以南的地区，这里指南唐统治区域。

⑭倦勤：谓帝王厌倦于政事的辛劳。语出《尚书·大禹谟》："朕宅帝位，三十有三载，耄期倦于勤。"孔颖达传："言已年老，厌倦万机。"

⑮文献太子弘冀：指李煜的大哥李弘冀。陆游《南唐书》卷十六："弘冀，元宗长子，故唐之末，民间相传谶曰：'有一真人在冀川，开口张弓向左边。'元宗欲其子应之，乃名之曰'弘冀'。""显德六年七月，弘冀属疾……九月丙午，卒。有司谥曰'宣武'。句容尉张洎上书，谓世子之德，在侍膳问安，今标显武功，垂示后世，非所以防微杜渐也……元宗果大以为然，改谥曰'文献'。"

⑯内禅：古代，帝王传位给内定的继承人称"内禅"。

⑰敦劝：敦促劝勉。

【译文】

臣在诸子之中，自愧并非有才之人，自从离开学校，就淡薄利禄。享受着父兄的庇荫养育，逍遥度日，追念巢父和许由的遗风，远慕伯夷和叔齐的高义。我把内心的真实想法已经向先父倾诉，这也并非虚词，众人多知此事。只因兄长们先后去世，依次推移，先父认为臣通晓为人处世之道，既年长又是嫡出，于是命我管理国事。时间飞逝，等到先父南赴豫章，臣留居建业，确立了储君的地位，分担监国抚军之权。臣担心不能胜任，常常深自勉励，不想又遭遇丁忧之罚，于是勉为其难继承父业，为此又不敢过分悲伤。想到先世君临江表，已近二十年了，中间常常倦于政事，想放下这副担子。臣亡兄文献太子李弘冀，本来已经要按照先父的意图即位，先父也已经准备禅让，而周世宗皇帝敦劝之意深切，于是让位之议也就作罢。

【原文】

及陛下显膺帝箓①，弥笃睿情②，方誓子孙，仰酬临照。则臣向于脱屣③，亦匪邀名④，既嗣宗枋⑤，敢忘负荷⑥？惟坚臣节，上奉天朝。若曰稍易初心，辄萌异志，岂独不遵于祖祢⑦，实当受谴于神明⑧。方主一国之生灵，遐赖九天之覆焘⑨。况陛下怀柔⑩义广，煦妪⑪仁深，必假清光⑫，更逾曩日⑬。远凭帝力⑭，下抚旧邦⑮，克获宴安⑯，得从康泰⑰。

【注释】

①及陛下显膺帝箓（lù）：指公元960年。时任后周归德节度使、检校太尉、殿前都检点的赵匡胤发动兵变，即皇帝位，改元建隆，定国号为宋。帝箓，天帝的符命，指令为天子。箓，古称上天赐予帝王的符命文书。

②弥笃睿情：您对我们的感情更加深厚。宋太祖赵匡胤建隆二年二月，南唐中主李璟迁都南昌（今江西南昌），宋太祖遣中书舍人王守

贞使江南，对其表示慰问。笃，深厚。睿情，指皇帝的情意。睿，古时臣下对君王、后妃等所用的敬词。

③脱屣：意谓脱掉鞋子，无所顾恋。这里指淡泊名利。

④邀名：求取好的名声。

⑤枋（bìng）：同"柄"，权柄。

⑥负荷：担负，承担。

⑦祖祢（nǐ）：祖庙与父庙，后泛指祖先。祖，自祖父以上各辈尊长。《诗·大雅·生民序》："《生民》，尊祖也。"孔颖达疏："祖之定名，父之父耳。但祖者，始也，己所从始也，自父之父以上皆得称焉。"祢，亲庙，父庙。《周礼·春官·甸祝》："舍奠于祖庙，祢亦如之。"郑玄注引郑司农曰："祢，父庙。"孙诒让《正义》引《左传·襄公十三年》孔颖达疏曰："祢，近也。于诸庙，父最为近也。"

⑧神明：天地间一切神灵的总称。

⑨覆焘（dào）：亦作

"覆帱"，犹覆被，意谓施恩，加惠。

⑩怀柔：称笼络安抚外国或国内少数民族等为"怀柔"。怀，来也；柔，安也。

⑪煦妪：抚育，爱抚，长养。

⑫清光：清美的风采，多喻帝王的容颜。

⑬曩（nǎng）日：往日，以前。

⑭帝力：帝王的作用或恩德。

⑮旧邦：历史长久的国家；故国。

⑯宴安：逸乐。

⑰康泰：安乐太平。

【译文】

等到陛下上应天命而即帝位，您对我们的感情更加深厚，臣也告诫子孙，一定要报答圣恩。臣之前的看轻名利，并非邀名，既然继承了王位，怎敢忘了自己的责任？唯有坚守臣节，谨奉天朝。若说稍改初衷，产生异心，何止是不遵祖先遗训，更要受神明的谴责。刚主宰一国的生灵，还需要九天的恩泽。况且陛下怀柔之情广远深厚，依仁义抚育百姓，一定会对我们比往日更加照顾。则臣远凭陛下恩德，下抚旧邦，定能获得安乐太平。

【原文】

然所虑者，吴越国①邻于敝土，近似深仇②，犹恐辄向封疆③，或生纷扰④。臣即自严部曲⑤，终不先有侵渔⑥，免结衅嫌⑦，挠干旒扆⑧。仍虑巧肆如簧之舌，仰成投杼之疑⑨；曲构异端⑩，潜行诡道⑪。愿回鉴烛，显谕是非，庶使远臣，得安危恳。

【注释】

①吴越国（907—978）：五代十国之一。景福二年（893），钱镠为镇海军节度使，移治杭州。后破越州（今浙江绍兴）擒董昌，领有两浙之地。唐昭宗天复二年（902），封越王。后梁太祖朱温即位，以镠为吴越国王。太平兴国三年（978）钱俶举族归宋。吴越强盛时领有十三州之地，约为今浙江全省、江苏西南部、福建东北部。

②深仇：积怨甚深的仇敌。

③封疆：界域之标记，疆界。这里指边境。

④纷扰：意外事端。

⑤部曲：古代军队编制单位。大将军营五部，校尉一人；部有曲，曲有军候一人。这里指南唐军队。

⑥侵渔：侵夺，从中侵吞牟利。

⑦衅嫌（xìn）：争端，仇怨。

⑧挠干（gàn）旒扆（liú yǐ）：干扰冒犯陛下。旒扆，借称帝王。旒为帝王的冕旒，扆为帝王座位后的屏风，故称。

⑨投杼（zhù）之疑：比喻谣言众多，动摇了对最亲近者的信心。典出《战国策·秦策二》："昔者曾子处费，费人有曾参者，与曾子同名族，杀人。人告曾子之母曰：'曾参杀人。'曾子之母曰：'吾子不杀人也。'织自若。有顷，人又曰：'曾参杀人。'其母尚织自若。顷之，一人又告之曰：'曾参杀人。'其母惧，投杼逾墙而走。夫以曾子之贤，与母之信，而三人疑之，虽慈母不能信也。"杼，织机的梭子。

⑩曲构异端：无中生有，制造事端。异端，意外事端。

⑪潜行诡道：暗行诡诈之术。诡道，诡诈之术。

【译文】

但臣所顾虑的是，吴越国与敝土相邻，近似深仇大恨，臣恐怕他们在边界滋生事端。臣即便管束军队，始终不先侵犯他们，避免引发争端，打扰陛下；但是担心吴越国鼓动如簧之舌，使陛下产生投杼之疑心；担心他们无中生有，暗行诡诈，制造事端。希望陛下明察秋毫，洞悉是非，使远臣满怀戒惧的恳请得以满足。

【赏析】

如《宋史》所言，这篇表是"陈绍袭之意"的作品，即作为一个藩国的君主，向宗主国报告自己即位，因为南唐在李璟时候已经向当时的后周世宗皇帝柴荣请求去帝号、称国主了。在文中，李煜讲了三层意思：第一，介绍了自己的履历。本来从未有继承父位的打算，只不过天意使然，把自己推上了这个位置，同时在字里行间小心翼翼地透露出自己、包括自己的历代祖先，其实都没有什么政治野心。第二，对于现任皇帝的赞美和期许。认为现在的新皇帝即位，对南唐比以前更好，而且："陛下怀柔义广，煦妪仁深，必假清光，更逾曩日。远凭帝力，下抚旧邦，克获宴安，得从康泰。"对未来充满信心。如果说，这两点是例行公事的话，那么第三点就很有针对性了。李煜说自己的邻居吴越国，和自己好像有深仇大恨一样（实际上，作为南方的两个割据政权，又互为竞争对手，吴越和南唐在李璟在位时就曾经打得不可开交，说是"近似深仇大恨"，事实也是如此），而自己倒是不会先挑起事端，并百般容忍，万一对方进谗言什么的，希望皇帝能够明察。这里，李煜用了"投杼"这个母亲听信传言、怀疑儿子的典故，来说明谣言的力量，同时也放低身段，自居于下位。

通观全篇，言辞谦卑，语言得体，显示出李煜的文字功力。

乞缓师①表（臣猥以幽孱）

【原文】

臣猥以幽孱②，曲承临照③。僻在幽远，忠义自持。唯将一心，上结明主。比蒙号召，自取愆尤④。王师四临，无往不克。穷途道迫，天实为之。北望天门，心悬魏阙⑤。

【题解】

这篇上表见宋代王称《东都事略》卷二十三《李煜传》："（李）煜虽外恭顺，而内实缮甲兵为战备，太祖谕令入朝，不从命。开宝七年，诏（李）煜赴阙，煜又称疾不奉诏，乃命曹彬、潘美征之。"

实际上自南汉被灭，李煜就深感南唐危在旦夕。他一方面更加殷勤地向宋朝进贡钱物，一方面去南唐之名而改称江南国主，所有官府皆已改名，不再使用国家机构的名称。每当宋朝使者来临，李煜皆脱去黄袍而服之以紫袍，以诸侯藩国为标准行藩臣之礼，以示臣服。李煜乞望得到宋太祖赵匡胤的宽容与怜悯，从而保全南唐政权的卑微存在。但是，宋太祖赵匡胤几次想不战而拘囿李煜，李煜也深深明白赵匡胤邀约自己去汴京实质就是鸿门宴，一旦入宋，便永无归回江南之日。所以，他不是保持沉默，就是虚以疾病应对。于是开宝七年（974），宋军发动进攻，正如李煜所言，"王师四临，无往不克"。同年十月，宋军即从采石矶渡江，南唐的邻国、宿敌吴越国亦常常骚扰常州、润州。《宋史·太祖纪三》载："江南主贡银五万两、绢五万匹，乞缓师。"开宝八年（975）正月，宋军入秦淮，十万南唐军投降，南唐军夺取长江浮桥的努力失败；二月，宋军围金陵；三月，吴越军攻陷常州。七月，攻占润州后的吴越军与宋军会师金陵城下，洪州节度使朱令赟十五万援军也全军覆没。

据《续资治通鉴长编》等史籍记载，开宝八年（975）冬十月己亥，"至是，煜危甚，遣其臣徐铉、周惟简至京师，煜上奏"。李煜派徐铉送上了这篇乞求延缓进攻的奏章。被赵匡胤以"尔谓父子，为两家可乎"的反问驳了回去。但李煜并不死心，"十一月辛未，江南主遣徐铉等再奉表乞缓师"。

附
录

【注释】

①缓师：延迟出兵。

②幽孱（chán）：昏钝而懦弱。

③临照：光辉照耀。这是对北宋王朝的恭维之语。

④比：近。号召：指宋朝召其入京之事。愆（qiān）尤：罪过。

⑤天门：指皇宫之门。魏阙：皇宫前高大的门楼。魏，高。这是以所在来代指北宋皇帝。

【译文】

臣昏庸懦弱，幸得陛下恩宠。身处偏远之地，尚知以忠义自守。上结明主，决无二心。等到蒙受下诏讨伐，也是咎由自取。现在王师四临，无往不克。臣穷途末路，也是上天安排。但还是北望天门，心在朝廷。

【原文】

嗟一城生聚①，吾君赤子②也；微臣薄躯，吾君外臣③也。忍使一朝便忘覆育④，号咷⑤郁咽，盍见舍乎⑥？

【注释】

①生聚：生命，指人民。

②赤子：本意为婴儿，此处比喻百姓，人民。

③外臣：即藩臣。

④一朝：一时，一旦。覆育：抚养，养育。

⑤号咷（háo táo）：啼哭呼喊，放声大哭。

⑥盍：何。见舍：被舍弃。

【译文】

可叹一城的百姓，皆是陛下的百姓；微臣薄躯，也是陛下的藩臣。怎么忍心顷刻间便忘记养育，任凭其嚎啕大哭而被抛弃呢？

【原文】

臣性实愚昧，才无异禀①，受皇朝奖与，首冠万方②，奈何一日自踵蜀汉不臣之子③，同群合类而为囚虏乎？贻责④天下，取辱祖先，臣所以不忍⑤也。岂独臣不忍为，亦圣君不忍令臣之为也。况乎名辱身毁，古之人所嫌畏⑥者也。人所嫌畏，臣不敢嫌畏也。惟陛下宽之赦之！

【注释】

①异禀：非凡的天资。

②首冠：居于首位。万方：万邦，各方诸侯。

③踵：脚后跟。这里用作动词，跟随。蜀汉：后蜀主孟知祥，934年称帝，建都成都，据有今四川和陕西南部、甘肃东南部及湖北西部，965年被北宋所灭。刘龑在917年建立的南汉，据有今广东和广西之地，都城在今广州，971年为北宋所灭。

④贻责：招致责难。

⑤忍：忍心而为。

⑥嫌畏：嫌弃畏惧。

【译文】

臣生性愚昧，也无奇才异禀，受皇朝奖与，居诸侯之首，为何顷刻间就和蜀、汉那些不臣之子一样同群合类，成为囚虏了呢？被天下人谴责，使祖先蒙羞，这使臣于心不忍啊。岂独臣于心不忍，圣君恐怕也不忍心令臣如此吧。况且名

声受辱身体受损，这是古人所嫌畏的。古人所嫌畏，而臣却不敢嫌畏。只希望陛下宽赦！

【原文】

臣又闻：鸟兽，微物①也，依人而犹哀之；君臣，大义也，倾忠能无怜乎？倘令臣进退之迹②，不至丑恶③；宗社④之失，不自臣身，是臣生死之愿毕矣⑤，实存没之幸也。岂惟存没之幸也，实举国之受赐也。岂惟举国之受赐也，实天下之鼓舞⑥也。皇天后土，实鉴斯言⑦。

【注释】

①微物：细小的东西，卑微的生物。

②倘：如果。进退之迹：指人生行事。

③丑恶：丑陋恶劣。

④宗社：宗庙和社稷的合称，此处借指国家。

⑤生死之愿：意即毕生之愿。毕：完成，完结。

⑥鼓舞：手足舞动，表示欢欣。

⑦"皇天"二句：指天地为证的誓言。

【译文】

臣又听说：鸟兽，是卑微之物，依恋于人，人还能怜爱它们；君臣之间更是大义所在，臣子尽忠君王能不怜爱他们吗？如果能令臣行为举止不至于过分丑恶，祖宗社稷不由臣而失，那么臣这一生的愿望就达成了，这也是臣之幸运啊。岂止是为臣之幸运，实则是举国之受恩赐啊。岂止是举国受赐，更是天下为之鼓舞的大事啊。皇天后土，见证斯言！

【赏析】

宋太祖屡次要不战而擒，但是李煜就是不上钩，于是开宝七年（974），宋军终于发动进攻，李煜的老邻居、老对头吴越国也从常州、润州动手，协同宋军作战。外边战事吃紧，李煜尚不知情，等到一日登城，才发现已经是"旌旗垒栅弥遍四郊"，但为时已晚。开宝八年七月，攻下润州的吴越军和宋军会师金陵城下，洪州节度使朱令赟十五万援兵也全军覆没。

九月，李煜派徐铉送上了这篇乞求延缓进攻的奏章，"至是，煜危甚，遣其臣徐铉、周惟简至京师，煜上奏"云云。

这篇上表只有两个意思：第一，是认罪；第二，是乞

怜。罪当然是没有，李煜自己即位后，宋朝发生大事小事李煜都是进贡兼送礼，表现奇好，若说有罪，大约就是不愿意自投罗网，去汴梁晋见而已。所以李煜在大表忠心之后，一再说自己"比蒙号召，自取愆尤"，"穷途道迫，天实为之"，语焉不详地大认其罪。乞怜又分了两个方面，第一，从江南百姓说起，百姓无罪，希望不要陷百姓于战火；第二是从李煜个人说起，说自己不惜"名辱身毁"，乞求赵匡胤放过自己，起码使祖宗社稷不要在自己手中倾覆，就差要说：等我死后，随便你怎么打去吧，现在至少得让我过得去吧。

全文虽表现出惊慌失措、穷途末路的感觉，却有一种感人的力量，也显示出李煜的文字功力，但是效果却令人沮丧。《东都事略》说：

铉等至京师，见太祖，言曰："李煜何罪，而陛下伐之？且煜事陛下如子事父。"其说累数百言，太祖曰："尔谓父子为两家可乎？"铉不能对。铉等既还，煜复遣入奏。铉言："李煜事大之礼甚恭，以病未任朝谒，非敢拒诏，乞缓兵，以全一邦之命。"太祖怒按剑谓铉曰："不须多言，江南亦有何罪，但天下一家，卧榻之侧，岂容他人鼾睡？"铉惶恐而退。

笔不如剑，本文倒是一个生动的例子。

不敢再乞潘慎修掌记室手表①（昨因先皇临御）

【原文】

昨因先皇临御②，问臣颇有旧人相伴否，臣即乞徐元楀③。元楀方在幼年，于笺表素不谙习④。后来因出外，问得刘鋹曾乞得广南旧人洪侃⑤。今来已蒙遣到徐元楀，其潘慎修更不敢陈乞。所有表章，臣且勉励躬亲⑥。臣亡国残骸，死亡无日，岂敢别生侥觊⑦，干挠天聪⑧？只虑章奏之间，有失恭慎，伏望睿慈⑨，察臣素心。

【题解】

这篇奏章见于宋代王铚《四六话》卷下。根据文意推测，大概是李煜上疏祈求潘慎修为自己的掌书记。但后来偶然外出遇见了南汉后主刘鋹，听说他只要了一个旧臣帮助自己处理文书事宜，于是便上疏请求辞去潘慎修。因为当年宋太祖赵匡胤活着时，已经为李煜派来了同是李煜旧臣的徐元楀。他害怕同时要两个旧臣为自己帮忙会引来宋太宗赵光义的猜忌和不满，所以便不敢再要潘慎修了。奏章中，李煜一片诚惶诚恐之情，其作为虏臣和亡国之君的艰辛也清晰可见。文章既称赵匡胤为"先帝"，又说"昨"，推测当作于赵光义即位不久。赵光义即位是在公元976年十二月，这篇奏章当作于此后不久。

【注释】

①潘慎修：字成德，泉州莆田（今属福建）人。南唐时任李煜中书舍人，受命奉送李从镒入宋贡金献书而被留。后仕宋，官至右谏议大夫、翰林侍读学士。其人风度蕴藉，博涉文史，喜棋艺，善属文。

传见《宋史》卷二九六。记室：官职名，主管文书的写作。

②昨：前。先皇：指已故的宋太祖赵匡胤。

③徐元㭬（yǔ）：徐温之后。李璟曾是徐温的养子，李煜与徐元㭬兄弟相处亲近。当北宋军队围金陵之城时，李煜居内苑澄心堂，徐元机、元㭬兄弟主内外传达，深受信任，参见陆游《南唐书》卷三。

④笺表：古代公文的两种文体，笺是写给太子或诸侯的书信，表是上给皇帝的请求。这里总指具有不同礼仪意义的各体公文。谙（ān）习：熟悉。

⑤刘铱（chǎng）：刘继兴（943—980），南汉中宗刘晟之子，后改名。公元958年即位，971年北宋灭南汉，入开封，封为恩赦侯。洪侃：南汉旧臣，事迹不详。

⑥勉励躬亲：勉力亲自而为。

⑦侥觊：侥幸之心，觊觎之意。

⑧天聪：皇帝的听闻。这是对宋太宗赵光义的恭维之词。

⑨睿慈：皇帝的仁爱。

【译文】

此前因为先皇临御，问臣是否有旧人相伴，臣当即请求派旧人徐元榀来。但是元榀尚在幼年，对于笺记、表章向来不熟。后来外出遇见刘鋹，听说他要了当年广南的旧人洪侃帮忙。现在臣既然已经得到徐元榀，那个潘慎修就更不敢再要了。所有的上表奏章，臣必定亲力亲为。臣已是亡国残余，来日无多，怎敢心存侥幸、干扰天聪？只是担心章奏之间，有失恭敬谨慎。伏望陛下仁慈，体察为臣一片真心。

【赏析】

这段文字是李煜入宋后，写给太宗皇帝赵光义的一封奏章的大要，见宋代王铚《四六话》卷下：

"豫章潘兴嗣家有李后主归朝后乞潘慎修掌记室手表。慎修，李氏之旧臣而兴嗣之祖也，其表略云……其衔位称检校太尉、右千牛卫上将军、上柱国、陇西郡公、食邑千户。后连札子云：奉圣旨，光禄寺丞徐元榀、右赞善大夫潘慎修并令往李煜处。"

李煜写这封奏章之时，赵匡胤已经故去，继位的赵光义对待李煜远没有他哥哥那样好，想必李煜的日子更难过。通览全篇，哀怜乞求之意满纸皆是。奏章写了两层意思。第一层解释自己的记室——亦即负责自己文字工作的秘书——人选的曲折筛选过程：当年太祖赵匡胤活着的时候，自己曾经在谈话中请求派旧日的内殿传诏徐元榀来，但是李煜大概也知道这位徐元榀的水平——"于笺表素不谙习"，业务水平太差，所以又请求要潘慎修来做记室。后来在和同是降王的刘鋹交流经验时，听说对方只要了旧人洪侃来帮忙，而现在赵光义同时派来了徐元楀和潘慎修，李煜就选徐元楀而弃潘慎修。

徐元楀可是直到宋军兵临金陵城下还不肯传递紧急军情的误国佞臣。《十国春秋·后主本纪》说后主"又以徐元楀、刁衎为内殿传诏，遽书警奏，日夜狎至，元楀等辄屏不以闻，宋师屯城南十里，闭门守陴，内庭犹不知也"。潘慎修则是当初南唐的水部郎中兼起居舍人，称得上是南唐干才，宋军围金陵，"李煜迁随其弟从镒入贡买宴钱，求缓兵，留馆怀信驿"，结果不久南唐灭亡消息传来，"邸吏督从镒入贺，慎修以为：'国且亡，当待罪，何贺也？'"可见是一位颇有骨气的人。现在看李煜对二人的取舍，可见其对亡国有多少反思了。

第二层纯粹是在表述自己诚惶诚恐的心情。陈述自己写奏章是事必躬亲，挑选记室不过是为了帮助自己少出差错，并非是为了偷懒。看其中的话语："臣亡国残骸，死亡无日，岂敢别生侥觊，干挠天聪？"说是摇尾乞怜，并不为过。当年宋军甫下江南，李煜也曾发出抵抗到底、玉石俱焚的誓言，而今不过数年，语言一至于此，不能不令人生出胜利者难为、而失败者亦难为之慨。

李煜这篇奏章的草稿宋人王铚曾经在潘慎修的孙子潘兴嗣家见过，只不过在北宋灭亡之际，已毁于战火。王铚说：

"李后主手表，仆尝摸得之，爱其笔札清妙不凡，兵火亡失已久，因记其梗概焉。"

修成清妙不凡之笔，最后用来写卑微乞怜之文，这反差未免太大了些。

送邓王二十六弟牧宣城序①（秋山的翠）

【原文】

秋山的翠②，秋江澄空；扬帆迅征，不远千里；之子于迈③，我劳如何？夫树德无穷，太上之宏规也④；立言不朽，君子之常道也。今子藉父兄之资，享钟鼎之贵⑤，吴姬赵璧，岂吉人之攸宝⑥？矧⑦子皆有之矣。哀泪甘言，实妇女之常调，又我所不取也。临歧赠别，其唯言乎，在原之心⑧，于是而见。

【题解】

解见《送邓王二十六弟从益牧宣城》，本篇是该诗序文。在文中，李煜主要是勉励邓王要勤政爱民，并不忘修身进德。文章的最后，李煜又畅想了江南山水之乐，劝勉邓王不要辜负了大好河山及无限风光。整篇序文活泼清新，既合乎君臣之义，又饱含兄弟深情。

【注释】

①邓王：李从镒，李璟第八子，李煜之弟。初封舒公，李煜即位，封邓王。传见马令《南唐书》卷七。牧：古称州官为牧。宣城：今安徽宣州。

②的翠：明翠。

③之子于迈：用西晋陆云《赠顾彦先》诗中成句："幽幽东隅，恋彼西归。瞻仪情感，聆音心悲。之子于迈，夙夜京畿。王事多难，仲焉徘徊。"

④"夫树德"二句：古人有"三不朽"之说："太上有立德，其

次有立功，其次有立言。虽久不废，此之谓不朽。"见《左传·襄公二十四年》。

⑤钟鼎之贵：钟以奏乐，鼎以盛食，借以形容生活的优裕。

⑥吴姬：指美女。赵璧：以战国时期赵国所有之著名的和氏璧，代指宝物。吉人：贤人。《尚书·泰誓》："我闻吉人为善，唯日不足。"

⑦矧（shěn）：何况。

⑧在原之心：兄弟情谊。语出《诗经·小雅·常棣》："脊令在原，兄弟急难。"脊令，即鹡鸰。疏云："脊令者，水鸟，当居于水，今乃在于高原之上，失其常处。以喻人当居平安之世，今在于急难之中，亦失其常处也。"

【译文】

秋山青绿，秋江澄澈；扬帆疾行，不远千里；你将远行，我如何不伤心？培养德行以不朽，是至高无上的典范；著书立说以不朽，为君子的常道。现在你依靠父兄的荫庇，拥有钟鸣鼎食的富贵、吴姬赵璧的享乐，这难道不是一般有福之人所追求珍惜的吗？而你都已经有了啊。哀伤之泪动听之言，这是女人的俗套，我所不取。临别相赠，恐怕只有话语了吧。手足之情，由此显现。

【原文】

噫，俗无犷顺，爱之则归怀①；吏无贞污，化之可彼此②。刑唯政本，不可以不穷不亲③；政乃民中，不可以不清不正④。执至公而御下，则憸佞⑤自除；察熏莸之禀心，则妍媸何惑⑥？武惟时习，知五材⑦之难忘；学以润身，虽三余而忍舍⑧？无酣觞（hān shāng）而败度⑨，无荒乐^⑩以荡神，此言勉从，庶几寡悔^⑪。苟行之而愿益^⑫，则有先王之明
谟^⑬，具在于细帙^⑭也。

【注释】

①犷顺：粗野与柔顺。归
怀：依归而感恩。

②化之可彼此：指教导官
吏如果得当，则污秽者可以化
为高洁。

③"刑唯"二句：以刑罚
为行政治理之大法，既要严惩
罪恶，又要通过刑惩而使人知
道亲近。

④"政乃"二句：执行政
策，以民心为重，必须清廉，
必须公正。

⑤憸佞（xiān nìng）：险恶
而谄媚的小人。

⑥薰莸（xūn yǒu）：薰和
莸都是草名，但薰香而莸臭。
妍媸：美丑。

⑦五材：指金、木、水、
火、土。《左传·襄公二十七
年》宋国大臣子罕论军战不可

废说："天生五材，民并用之，废一不可，谁能去兵？"

⑧润身：语出《礼记·大学》："富润屋，德润身。心广体胖，故君子必诚其意。"三余：指余暇。魏明帝时董遇治学严谨，人有愿从之学习者，董遇不肯教，说是"读书百遍而义自见"。从学者说："可惜时间不足。"董遇劝以"三余"，并解释说："冬者岁之余，夜者日之余，阴雨者时之余也。"见《三国志》卷一三引《魏略》。忍：不忍。

⑨败度：毁坏量度。

⑩荒乐：过度享乐。语出《诗经·唐风·蟋蟀》："好乐无荒，良士瞿瞿。"

⑪庶几：将近，差不多。寡悔：语出《论语·为政》："子张等干禄。子曰：'多闻阙疑，慎言其余，则寡尤；多见阙殆，慎行其余，则寡悔。言寡尤，行寡悔，禄在其中矣。'"这是引孔子对于为政者的教诲来作勉励。

⑫苟：如果。益：增加。

⑬明谟：英明的谋划。

⑭缃帙（xiāng zhì）：浅黄色丝绸做成的书套。

【译文】

唉，百姓没有野蛮顺服之别，抚爱之则向往归附；官吏没有廉洁贪污之别，教化之则可以转变。刑法是为政之本，不可以不明察秋毫亲力亲为；行政乃治民之本，不可以不公正清廉。秉至公之心对待下属，则奸邪谄媚自然消除；明察善恶的秉心，则又怎能被外表的美丑迷惑？武功要经常练习，"五材"方能不会忘记；学习会使自身受益，"三余"的时间也不能浪费。不要纵酒而败坏法度，不要耽于享乐而动摇本性，这些话尽力做到，差不多就不会有后悔的事了。如果想进一步身体力行、得到益处，则书本之中，还有先王的明训。

【原文】

呜呼，老兄盛年壮思，犹言不成文①，况岁晚心衰，则词岂迨意②？方今凉秋八月，鸣榔③长川；爱君此行，高兴可尽。况彼敬亭④溪山，畅乎遐览，正此时也。

【注释】

①成文：形成乐章、文采、文辞、礼仪等的总称。

②迨（dài）意：及意。迨，通"逮"。

③鸣榔（láng）：榔，桄榔，本是渔人捕鱼时用来敲击船舷、造成声响而趋鱼入网的木棒。潘岳《西征赋》："鸣榔厉响。"后用来代船的启行。钱起《送衡阳归客》："归客爱鸣榔，南征忆旧乡。"

④敬亭：山名，在今安徽宣州，以山水秀美而著称。

【译文】

唉，老兄盛年才思敏捷之时，尚不能出口成章；何况如今年岁大了心力衰竭，词又怎么能够达意？正值凉秋八月，击桨中流，慕君此行，兴尽可知。何况那敬亭山水，畅意纵览，正当其时啊。

【赏析】

宋代马令《南唐书》卷七："邓王从镒，元宗第八子也。警敏有文，初封舒公，进王邓，开宝初，出镇宣州，后主率近臣饯绮霞阁，自为诗序以送之。"这篇文字就是李煜当时写的。文中先强调了人生

"立德、立功、立言"这"三不朽"的重要，说明自己不想在临别之时作儿女情长，而是要向弟弟赠以言。接着谆谆告诫弟弟，要勤政爱民，要文武兼修，要认真学习。最后放开离情别绪，以提醒弟弟趁着大好时光畅游宣州山水作结。表现了一个仁爱兄长的形象。

当时参加送行的徐铉在其《骑省集》卷五保留了自己当时所作的一首《御筵送邓王》：

禁里秋光似水清，林烟池影共离情。

暂移黄阁只三载，却望紫垣都数程。

满座清风天子送，随车甘雨郡人迎。

绮霞阁上诗题在，从此还应有颂声。

可想当时的盛况。而细观李煜告诫从镒之种种，若是自己都能做到，则南唐历史和李煜的结局，恐怕是另外一个样子。知易行难，于此可见。

却登高文① （玉酤澄醪）

【原文】

玉酤澄醪②，金盘绣糕，茱房③气烈，菊蕊香豪。左右进而言曰："维芳时之令月④，可藉野以登高。矧上林之伺幸⑤，而秋光之待褒⑥乎？"

【题解】

开宝四年（971），李煜派其母弟李从善朝贡。宋太祖封李从善为泰宁军节度，兖、海、沂等州的观察使，留之于京师，不让其返国。与此同时，又不断地命从善贻书后主，督促李煜入京朝见。李煜自然不敢，于是便写信给宋太祖求从善归国。并在重阳节众人劝其登高时，写下这篇《却登高文》。重阳登高，兄弟相聚，自然其乐融融。然从善被扣，兄弟失群，登高徒增悲伤，这正如王维诗中所写的"遍插茱萸少一人"。而李煜在这篇文章中，极力表达的是对过去奢靡生活的追悔之情。想来写这篇文章时，萦绕在李煜心中的不仅有思念兄弟之情，更多的是对国事的忧戚，所谓"怆家艰之如毁"。只不过惧于当时的情势，不敢言明而已。

【注释】

①却：拒绝，推辞。登高：指农历九月初九日登高的风俗。南朝梁人吴均《续齐谐记·九日登高》："汝南桓景随费长房游学累年。长房谓曰：'九月九日汝家中当有灾，宜急去，令家人各作绛囊盛茱萸以系臂，登高饮菊花酒，此祸可除。'景如言，齐家登山。夕还，见鸡犬牛羊一时暴死。长房闻之曰：'此可代也。'今世人九日登高饮酒，妇人带茱萸囊，盖始于此。"

②玉斝（jiǎ）：玉制的酒器。斝，古代青铜制贮酒器，有鋬（把手）、两柱、三足、圆口，上有纹饰，供盛酒与温酒用。盛行于殷代和西周初期。后借指酒杯、茶杯。澄醪（láo）：泛指清醇的美酒。醪，

汁渣混合的酒，又称浊酒，也称醪糟。

③茱房：亦称"茱萸房""萸房"，茱萸花的子房，这里指代茱萸。西晋周处《风土记》："九月九日，律中无射而数九，俗于此日以茱萸气烈成熟，当此日折茱萸房以插头，言辟恶气而御初寒。"

④芳时：花开时节，良辰。令月：吉月。

⑤矧（shěn）：况且。上林：即上林苑，古宫苑名。秦旧苑，汉初荒废，至汉武帝时重新扩建。故址在今西安市西及周至、户县界。这里指代可供游猎的山林。伺幸：盼望君王驾临。

⑥待褒：等待褒扬。

【译文】

玉杯清酒，金盘绣糕，茱萸气浓，菊花飘香。左右进言说："良辰美景，正可野外登高。更何况山林正等待大王游猎，而秋光也正等待大王欣赏呢？"

【原文】

余告之曰："昔时之壮也，意如马，心如猱①，情槃乐恣②，欢赏忘劳。惛心志于金石③，泥花月于诗骚④。轻五陵之得侣⑤，陋三秦之选曹⑥。量珠聘伎⑦，纫彩维艘⑧。被墙宇以耗帛⑨，论邱山而委糟⑩。年年不负登临节，岁岁何曾舍逸遨？小作花枝金剪菊，长裁罗被翠为袍。岂知萑苇⑪乎性，忘长夜之靡靡⑫；宴安⑬其毒，累大德于滔滔？"

【注释】

①意如马，心如猱（náo）：意谓心猿意马，心思流荡散乱，如猿

马之难以控制。猱，兽名，猿类，身体便捷，善攀缘。

②槃（pán）：同"盘"，快乐。恣：放纵。

③悁（juàn）心志于金石：谓用心于写作。悁，耗费。金石，古代镌刻文字、颂功纪事的钟鼎碑碣之属。这里泛指刻于金石之上的文字。

④泥（nì）：迷恋，使人流连。诗骚：《诗经》《离骚》的并称。这里泛指诗歌。

⑤轻五陵之得侣：意谓以得知交遨游繁华之地为寻常之事。五陵，西汉五个皇帝陵墓所在地，亦即五县：长陵、安陵、阳陵、茂陵、平陵，均在渭水北岸，今陕西咸阳附近。汉元帝以前，每立陵墓，辄迁徙四方富豪及外戚于此居住，令供奉园陵，称为陵县。这里指代繁华的游乐场所。

⑥陋三秦之选曹：意谓视在京城地区做官为浅陋。三秦，秦亡以后，项羽三分关中，封秦降将章邯为雍王，司马欣为塞王，董翳为翟王，合称三秦。因其地在长安一带，故后泛指京城地区。选曹，官名，主铨选官吏事。

⑦量（liáng）珠聘伎：花费巨资聘买歌妓。量珠，唐代刘恂《岭表录异》卷上："绿珠井，在白州双角山下。昔梁氏之女有容貌，石季伦为交趾采访使，以真珠三斛买之。"后因以"量珠"为买妾的代称。

⑧纫彩维艘：意谓使用彩绳来栓系游船，炫耀其豪华。纫，搓，捻。维，系，拴缚。

⑨被墙宇以耗帛：意谓耗费丝帛装饰房屋，这里在显示奢侈。墙宇，指房屋。

⑩论邱山而委糟：意谓丢弃的酒糟堆积如山。这里在显示纵情饮乐。委，丢弃。邱山，泛指山。

⑪萑（huán）苇：两种芦类植物。蒹长成后为萑，葭长成后为苇。蒹、葭都是价值低贱的水草，亦常用作谦词。

⑫长夜之靡靡：商纣曾作靡靡之乐，长夜之饮。后用以指放纵亡国的历史教训。

⑬宴安：指逸乐。

【译文】

我告诉他们说："我年轻时候，心猿意马，纵情欢乐，游赏忘疲。写心中感想于文章，赋风花雪月于诗篇。视五陵结伴遨游为寻常，三

秦做官为浅陋之事。量珠买妓，彩绳拉船，耗费丝帛装饰房屋，丢弃酒糟堆积如山。年年参加登临节，岁岁不舍逸乐游。轻剪金菊头上戴，翠罗长裁作青袍。岂知人性如蒮苇一样卑贱，忘记了放纵亡国的历史教训；逸乐如同毒药，使德行修养付诸东流？"

【原文】

"今予之齿①老矣，心凄焉而忉忉②，怆家艰之如毁③，萦离绪之郁陶。陟彼冈矣企予足④，望复关兮睇予目⑤。原有鸰⑥兮相从飞，嗟予季⑦兮不来归。空苍苍兮风凄凄，心踟蹰兮泪涟洏⑧。无一欢之可作，有万绪以缠悲。於戏噫嘻⑨！尔之告我，曾非所宜。"

【注释】

①齿：这里指人的年龄。

②忉忉（dāo dāo）：忧思貌。

③家艰：指父母的丧事。这里指李煜父亲李璟的丧事。毁：因居丧过于哀痛而损害健康。

④陟彼冈矣企予足：意谓登上山冈踮起脚盼望兄弟归来。《诗经·魏风·陟岵》："陟彼冈兮，瞻望兄兮。"

⑤望复关兮睇（dì）予目：意谓纵目远望兄弟所在的地方。语出《诗经·卫风·氓》："乘彼垝垣，以望复关。不见复关，泣涕涟涟。既见复关，载笑载言。"复关即重关的意思，在近郊设重门以防异常。此借为指心中关切的兄弟所在。睇目，纵目。睇，视，望。

⑥鸰（líng）：即鹡鸰，一种鸟。《诗经·小雅·常棣》："脊令在原，兄弟急难。"后以"鹡鸰"比喻兄弟，以"鹡鸰在原"比喻兄弟友

爱之情。

⑦季：兄弟姊妹排行最小的，后泛指兄弟姐妹中幼小的，这里指邓王。

⑧涟洏（ér）：亦作"涟而"，泪流貌。

⑨於戏（wū hū）：叹词。於，叹词。戏，同"呼"。噫嘻：叹词，表示慨叹。

【译文】

"现在我年岁已老，内心凄凉，为父亲去世而哀伤，为兄弟离别而忧愁。登上山冈踮起脚尖，纵目远望寻找手足。鹡鸰在原相从而飞，可是我的兄弟还没有归来。天苍苍风凄凄，心中难受泪流满面。无一丝欢乐可作，有万缕悲丝缠上心头。唉！唉！你们要我做的，实在不合适。"

【赏析】

开宝四年（971），李煜派七弟从善如宋朝贡，去唐号，称江南国主，改印文为"江南国印"，完全成为宋朝的藩国。宋太祖"拜从善泰宁军节度，充海沂等州观察使，留京师，赐甲第汴阳坊，因命从善赍书后主，督之入觐。后主不从，复手疏求从善归国。宋太祖以疏示从善，加恩慰抚……而后主愈悲，每凭高北望，泣下沾襟，由是岁时游燕多罢不讲，尝制《却登高文》以见意。"

这篇文字中，李煜以主客问答的形式，表述了自己手足不得相见的悲伤之情，以及对年轻时候兄弟们奢侈享乐生活的怀念："量珠聘伎，纫彩维艘。被墙宇以耗帛，论邱山而委糟。"如今的手足分离，和当年这种不思振作的生活恐怕不无关系吧。"原有鸰兮相从飞，嗟予季兮不来归。空苍苍兮风凄凄，心踯躅兮泪涟洏。无一欢之可作，有万绪以缠悲"可谓名句。

就在当年的三月，李煜继续派自己的弟弟从谦如宋进贡珍宝器用金帛、并买宴钱，数量加倍。

昭惠周后诔①（天长地久）

【原文】

天长地久，嗟嗟蒸民②。嗜欲既胜③，悲叹纠纷④；缘情攸宅⑤，触事来津。赘盈世逸，乐鲜愁殷⑥；沉乌逞兔⑦，茂夏凋春；年弥念旷，得故忘新。阅景颓岸，世阅川奔⑧；外物交感，犹伤昔人。诡梦高唐⑨，诞夸洛浦⑩；构屈平虚⑪，亦悯终古。况我心摧，兴哀有地。苍苍何辜，歼予伉俪⑫！

【题解】

后周显德元年（954），李煜十八岁时纳南唐开国老臣、同时又是李昪的亲信周宗之女周娥皇为妻，是谓大周后。史书记载，大周后不仅品貌出众，而且多才多艺。她工琵琶，中宗李璟将自己心爱的烧槽琵琶赐赠给她；又精通音律，能"命笺缀谱，喉无滞音，笔无停思，俄顷谱成"。她又是"采戏"行家，弈棋高手。尤其值得称赏的是，她与李煜不仅在艺术方面情趣相投，即便是对佛教的信仰，也是惊人地相似。马令《南唐书·浮屠传》记载李煜与大周后常"顶僧伽帽，披袈裟，课诵佛经，跪拜顿颡，至为瘤赘"。可以想见，李煜与大周后婚后生活是非常幸福的。然而仅仅十年后，乾德二年（964），大周后因病溘然长逝，所有的这一切随着大周后的去世都匆匆消失了。大周后死后，李煜伤心异常。陆游《南唐书》卷十六记载："后主哀甚，自制诔刻之石，与后所爱金屑檀槽琵琶同葬，又作书燔之与诀，自称鳏夫煜，其辞数千言，皆极酸楚。"李煜所燔之书是否即是这篇诔文，不可确考。而这篇诔文确实也道出了李煜对大周后的深情。文章追述了大周后的美貌及才情，详述了她恢复盛唐大曲《霓裳羽衣曲》的事。尤其是融入了自己的深情，叙写了自己内心深沉的痛苦，似乎任何一件不起眼的小事或小物件都能勾起他对大周后的回忆，都能让自己痛不欲生，确实可称得上是一篇至情至性之文。

【注释】

①昭惠周后诔（lěi）：昭惠皇后周娥皇诔辞。宋代马令《南唐书》卷六《女宪传》："后主昭惠后周氏，小字娥皇，大司徒宗之女，甫十九岁，归于王宫……殂于瑶光殿之西室，时乾德二年十一月甲戌也，享年二十九。明年正月壬午，迁灵柩于园寝……陵曰懿陵，谥昭惠。方是时，南唐虽去帝号，而其余制度尚未减损，如元宗之葬，犹称皇帝，故昭惠虽谓之国后，而群臣国人皆称曰皇后焉。"诔：亦称"诔辞""诔文"，悼念死者的文字。

②嗟嗟：叹词，表示感慨。蒸民：众民，百姓。蒸，同"烝"，众，多。

③嗜欲：嗜好与欲望，多指贪图身体感官方面享受的欲望。胜：同"盛"，兴盛，旺盛。

④悲叹：悲伤叹息。纠纷：纷扰，杂乱。

⑤攸宅：所在。攸，助词，相当于"所"。

⑥赀：财物。鲜：少。殷：多。

⑦沉乌逞兔：指日驰月行，光阴如梭。古代传说后羿射日，被射落的太阳在地上化为乌鸦。故以乌鸦为日精。又说月中有兔，而以兔为月精。

⑧"阙景"二句：抒写自然永在而人生无定的生命悲哀。阙景：日食。颓岸：山崩。陆机《吊魏武帝文》感慨像曹操这样的霸主临死也眷眷不舍人间之事，就好比太阳本是永恒，也有日食之事；高山虽然巍巍，也有崩裂之时。人由此而悟到"资高明之质而不免卑浊之累，居常安之势而终婴倾离"，即使太阳、高山也有难逃的定数，何人又能超出死亡之外呢？因此，"岂特瞽史之异阙景，黔黎之怪颓岸乎？"不仅是史官惊叹于日食，百姓惊怪于山崩，盖世英雄曹操也有放不下的生死之情。世阅川奔：将"世"与"人"、"川"与"水"

相对而叹息生命的流逝不返。陆机《叹逝赋》："悲夫，川阅水以成川，水滔滔而日度，世阅人而为世，人冉冉而行暮。人何世而弗新？世何人之能故？"

⑨高唐：宋玉《高唐赋》写楚王游于云梦，望高唐之观而梦见神女的爱情故事。

⑩洛浦：曹植有《洛神赋》，写与洛水女神相遇而生情的故事。

⑪构屈平虚：此句有误，应是"屈平构虚"。屈平：屈原，名平。这里是将描写楚王故事的《高唐赋》作为屈原的作品。

⑫苍苍：上天。伉俪：配偶，妻子。《左传·昭公二年》记晋侯之妾少姜死，鲁昭公到晋去吊丧，到了黄河边，晋侯派大夫文伯辞谢昭公说："非伉俪也，请君无辱。"即少姜不是正妻，昭公吊丧不合礼制。后世则用作夫妻的通称。

【译文】

天长地久，可叹万民。欲望既多，遂生悲叹纷扰；情感所在，伤感触事即来。世间资财富裕，人人放纵，却又乐少愁多。日落月升，春去夏来，本以为年久思淡，却又得故忘新。日食山崩，看世事如水；万物应心，终不免为古人黯然伤心。高唐之梦诡异奇特，洛浦女神浮夸荒诞。然无论虚构抑或实有其事，这些遭遇都不免令人忧伤千年。何况我心痛欲碎，更是自有怀抱，苍天为什么降罪于我，夺去我的爱妻！

【原文】

窈窕难追，不禄于世①。玉润珠融，殒然破碎。柔仪俊德，孤映鲜双。纤秾挺秀，婉娈开扬。艳不至冶，慧或无伤。盘绅奚戒，慎肃惟常②。环佩爱节，造次有章③。含颦发笑，擢秀腾芳。鬌云留鉴，眼彩飞光。情澜春媚，爱语风香。瑰姿禀异，金冶昭祥。婉容④无犯，均教多方。茫茫独逝，舍我何乡？

【注释】

①窈窕：形容女子的美好。《诗经·周南·关雎》："窈窕淑女，君子好逑。"不禄：指夭亡。《礼记·曲礼下》："寿考曰卒，短折曰不禄。"

②"盘绅"二句：赞扬妻子德行天成，无须教训。《春秋·穀梁传·桓公三年》记嫁女之礼说："礼，送女，父不下堂，母不出祭门，诸母兄弟不出阙门。父戒之曰：'谨慎从尔舅之言。'母戒之曰：'谨慎从尔姑之言。'诸母般申之曰：'谨慎从尔父母之言。'"注："般，囊也，所以盛朝夕所须以备舅姑之用。"般，同鞶，是女子所用以盛放物品的丝织袋，系于腰间。申，即绅，丝带。这是以伯母婶婶系带佩囊并作叮嘱来概括女子出嫁之时必受教训的古礼。舅姑，出嫁女的丈夫的父母，今称公公婆婆。

③"环珮"二句：形容举止从容而合乎礼仪。《礼记·经解》述天子的行为仪范："燕处则听雅颂之音，行步则有环佩之声。居处有礼，进退有度。"注曰："环佩，佩环佩玉也，所以为行节也。《玉藻》曰：进则揖之，退则扬之，然后玉锵鸣也。环取其无穷止，玉则比德焉。"章，美好。

④婉容：素养美好而仪态美好。《礼记·祭义》："孝子之有深爱者，必有和气；有和气者，必有愉色；有愉色者，必有婉容。"

【译文】

窈窕无比，却年少而逝。玉润珠融，却殒然破碎。仪态万方，德行无双。姿态秀美，光彩照人。艳而不妖，慧而不狡。长带飘飘何须戒？端庄肃穆是常态。环佩叮当行有节，进退造次言有章。一颦一笑，艳冠群芳。鬓发如云，明眸善睐。情动如春回大地，出语若风过花间。丽质天生，尊贵安详。面色和婉而凛不可犯，才德俱佳可教化万民。而今茫茫独逝，却又舍我去向何方？

【原文】

昔我新昏，燕尔情好①。媒无劳辞，筮无违报。《归妹》②邀终，《咸》爻③协兆。俛仰④同心，绸缪⑤是道。执子之手，与子偕老⑥。今也

如何？不终⑦往告。呜呼哀哉！

【注释】

①"昔我"二句：意即燕尔新婚，形容新婚的欢乐。语出《诗经·邶风·谷风》："宴尔新昏，如兄如弟。"

②归妹：《周易》卦名，六十四卦之一，震上兑下，兑为少女，故谓妹，以嫁震男，故称"归妹"。王弼注："妹者，少女之称也。兑为少阴，震为长阳；少阴而乘长阳，说（悦）以动，嫁妹之象也。"

③咸爻（yáo）：这里是咸卦的意思。咸，六十四卦之一。艮下兑上。《周易·咸》："咸，亨，利贞，取女吉。"爻，《周易》中组成卦的符号。分为阳爻和阴爻。每三爻合成一卦，可得八卦，称为经卦；两卦（六爻）相重则得六十四卦，称为别卦。爻含有交错和变化之意。

④俛（fǔ）仰：同"俯仰"。

⑤绸缪：情意殷切。

⑥执子之手，与子偕老：语出《诗经·邶风·击鼓》："执子之手，与子偕老。"

⑦不终：意谓婚姻生活不足一终，仅仅十年就结束。终，古以十二年为一终。

【译文】

当年我们新婚燕尔，两情相悦。媒人不需多费口舌，占卜更没不好的话。《归妹》卦说我们会白头到老，《咸》卦也表达了相同的意思。说我们会俯仰同心，说我们会情意殷切，说我们会"执子之手，与子偕老"。现在又怎么样呢？美好的预言，不过持续十年而已。唉！悲哀啊！

【原文】

志心既达，孝爱克全。殷勤柔握①，力折危言②。遗情眄眄③，哀泪涟涟④。何为忍心，览此哀编。绝艳易凋，连城⑤易脆。实曰能容，壮心⑥是醉。信美堪餐，朝饥⑦是慰。如何一旦，同心旷世？呜呼哀哉！

【注释】

①殷勤：情意深厚。柔握：柔美的手，多称女子。

②力折危言：具体事迹不详。折，挫败。危言，耸人听闻的言论。

③遗情：留下情思。眄眄（miǎn miǎn）：斜视貌。宋代马令《南唐书》卷六《女宪传》："后虽病亟，爽迈如常。谓后主曰：'婢子多幸，托质君门，冒宠乘华，凡十载矣。女子之荣，莫过于此，所不足者，子殇身殁，无以报德。'遂以元宗所赐琵琶及常臂玉环亲遗后主，又自为书，请薄葬。越三日，沐浴正衣妆，自纳含玉，殂于瑶光殿之西室。"

④涟涟：泪流不止貌。

⑤连城：战国时，赵惠文王得和氏璧，秦昭王寄书赵王，愿以十五城易璧。事见《史记·廉颇蔺相如列传》。后以"连城"指和氏璧或珍贵之物。

⑥壮心：豪壮的志愿，壮志。

⑦朝饥：早晨空腹时感到的饥饿，常用以比喻男女相思。《诗经·周南·汝坟》："惄如调饥。"郑玄笺："惄，思也。未见君子之时，如朝饥之思食。"

【译文】

我们心愿达成，你也孝爱双全。你是那样情深意厚，也曾力挫谗言。临终你情意绵绵，哀泪长流。现在你在地下如何忍心，阅读这篇诔词？人说绝美之花易凋零，连城之璧易破碎。你是那样宽怀能容，令我壮心如醉；秀色可餐，我们一起度过多少美好岁月。如何一日之间，同心之人就弃世而去？唉！悲哀啊！

【原文】

丰才富艺，女也克肖①。采戏②传能，奕棋③逞妙。媚动占相④，歌萦柔调。兹鼗⑤爰质，奇器传华。翠虬一举，红袖飞花。情驰天际，思栖云涯。发扬⑥掩抑，纤紧洪奢。穷幽极致，莫得微瑕。审音⑦者仰止，达乐⑧者兴嗟。曲演《来迟》，破传《邀舞》⑨。利拨⑩迅手，吟商逞羽⑪。制革常调，法移往度。屈遏繁态，蔼成新矩。霓裳旧曲，韬音沦世。失味齐音，犹伤孔氏。故国遗声，忍乎湮坠？我稽其美，尔扬其秘。程度余律，重新雅制。非子而谁，诚吾有类⑫。今也则亡，永从遐逝⑬。呜呼哀哉！

【注释】

①克肖：称赞其才艺出众。

②采戏：一种使用骰子的赌博游戏。相传唐玄宗与杨贵妃采戏将败，惟重四可解，连叱之，果重。玄宗悦，顾高力士令赐绯服。

③奕棋：下棋，古代多指下围棋。

④占相：观察某些自然现象或人的面貌、气色等，以推断吉凶祸福。这里似指歌舞的扮相。

⑤鼗（táo）：乐器中的小鼓，近乎今之拨浪鼓。这数句形容周氏持鼗而舞的美妙姿态。

⑥发扬：即发扬蹈厉，指舞蹈时动作的威武。《礼记·乐记》："发扬蹈厉，大（太）公之志也。"张守节正义："发，初也。扬，举袂也。蹈，顿足蹋地。厉，颜色勃然如战色也。"

⑦审音：辨别音调。

⑧达乐：通晓乐理。

⑨曲演《来迟》，破传《邀舞》：指大周后创作《邀醉舞破》《恨来迟破》的事情。

⑩拨：拨子，弹奏弦乐器的用具。

⑪吟商逞羽：古代音乐有五声，宫、商、角、徵、羽。这是指周氏精通音律。

⑫"霓裳旧曲"至"诚吾有类"十二句：指李煜和大周后合作，恢复盛唐名曲《霓裳羽衣曲》的事情。失味齐音，指孔子在齐国听过的"三月不知肉味"的美妙音乐。《论语·述而第七》："子在齐闻《韶》，

三月不知肉味，曰：'不图为乐之至于斯也。'"稽，考核，查考。程度，程、度，这里用作动词，指对《霓裳羽衣曲》残谱的整理。重新，这里作动词，使……重现新貌。雅制，典章制度。

⑬ 遐逝：归隐，隐退。

【译文】

丰富的才艺，你也具备。你采戏巧妙，弈棋高明。你舞蹈之扮相妩媚动人，演唱之歌喉委婉可听。鼓声响起，众乐齐鸣。你翠虬一举，红袖飞花。歌舞之妙，令人情驰天涯，思想云端。高低快慢、刚柔强弱配合得无比巧妙，情感表达穷幽极致，毫无瑕疵。能辨音调者自叹不如，通晓乐理者叹为观止。记得你为邀我起舞，顷刻之间即作《邀醉舞破》《恨来迟破》。拨子急促，琵琶在你手中，弹奏出动听的音乐。你调整法度，改革常调。残破旧曲一经删繁就简，俨然新篇。《霓裳羽衣》大曲，沦落世间，它可以媲美令孔子三月不知肉味的《韶乐》。我们大唐遗声，怎忍心令其就此消失？我核定其价值，你探究其隐秘。整理其残谱，重新恢复这一音乐典章。若说我在这世间还有同类，非你而谁？如今你却永别人世。唉！悲哀啊！

【原文】

该兹硕美①，郁此芳风②。事传遐禩③，人难与同。式瞻虚馆④，空寻所踪。追悼良时⑤，心存目忆。景旭雕甍（méng）⑥，风和绣额⑦。燕燕交音⑧，洋洋接色⑨。蝶乱落花，雨晴寒食⑩。接辇穷欢⑪，是宴是息。含桃⑫荐实，畏日⑬流空。林雕晚箨⑭，莲舞疏红。烟轻丽服，雪莹修容。纤眉范月，高髻⑮凌风。辑柔尔颜⑯，何乐靡从？蝉响吟愁，槐凋落怨。四气⑰穷哀，萃此秋晏。我心无忧，物莫能乱。弦尔清商，艳尔醉盼⑱。情如何其，式歌且宴。寒生蕙幄⑲，雪舞兰堂⑳。珠笼㉑暮卷，金炉夕香。丽尔渥丹㉒，婉尔清扬㉓。厌厌夜饮，予何尔忘？年去年来，殊欢逸赏。不足光阴，先怀怅怏。如何倏然，已为畴曩㉔。呜呼哀哉！

【注释】

①该：具备，充足。硕美：指才德之大美。硕，大。

②郁：蕴蓄，蕴藏。芳风：美好的风尚和教化。

③禩（sì）：同"祀"，岁，年。

④式瞻虚馆：即"瞻式虚馆"。式，同"是"，这。

⑤良时：美好的时光。

⑥景旭：即旭景，即朝阳。甍（méng）：屋脊，屋栋。

⑦绣额：华丽的匾额。或谓"额"应为"阁"。

⑧燕燕交音：意谓安适地交谈。燕燕：《诗经·邶风·燕燕》："燕燕于飞，差池其羽。"交（jiǎo）音：咬咬，鸟鸣声。祢衡《鹦鹉赋》："采采丽容，咬咬好音。"

⑨洋洋接色：意谓恬静地神色交流。洋洋，美善。

⑩寒食：节日名。在清明前一日或二日。相传春秋时晋文公负其功臣介之推。介之推遂隐于绵山。文公悔悟，烧山逼令出仕，之推抱树焚死。人民同情介之推的遭遇，相约于其忌日禁火冷食，以为悼念。以后相沿成俗，谓之寒食。

⑪接辇（niǎn）穷欢：意谓车来车往，尽情欢乐。辇，秦汉后专指帝王后妃所乘的车。

⑫含桃：樱桃。《礼记》："仲夏之月，天子乃以雏尝，黍羞，以含桃先荐。"

⑬畏日：《左传·文公七年》："赵衰，冬日之日也；赵盾，夏日之日也。"杜预注："冬日可爱，夏日可畏。"后因称夏天的太阳为"畏日"，意为炎热可畏。

⑭林凋晚箨（tuò）：意谓竹子脱掉笋壳，生长茂盛。凋，同"凋"。箨，竹笋皮。包在新竹外面的皮叶，竹长成逐渐脱落。俗称笋壳。

⑮高髻：高绾之发髻。陆游《南唐书》卷十六："后宠嬖专房，创为高髻、纤裳，及首翘鬓朵之妆，人皆效之。"

⑯辑柔尔颜：意谓你的面色和悦。辑柔，和顺，和悦。语出《诗经·大雅·抑》："视尔友君子，辑柔尔颜，不遐有愆。"毛传："辑，和也。"郑玄笺："柔，安。"

⑰四气：指春、夏、秋、冬四时的温、热、冷、寒之气。亦指感应上述四时而生的喜怒乐哀为"四气"。

⑱艳尔醉盼：和"弦尔清商"对举。艳，指楚地的一种歌谣。唐代大曲的引子也叫"艳"。这里用作动词，唱歌。

⑲蕙幄：帷帐的美称。

⑳兰堂：芳洁的厅堂，厅堂的美称。

㉑珠笼：似为珠帘之误。

㉒渥丹：润泽光艳的朱砂，多形容红润的面色。《诗经·秦风·终南》："颜如渥丹，其君也哉！"

㉓婉尔清扬：谓眼睛明亮，黑白分明。《诗经·郑风·野有蔓草》：

"有美一人，清扬婉兮。"毛传："清扬，眉目之间婉然美也。"

㉔畴曩（chǒu nǎng）：往日，旧时。

【译文】

你已具那些良材，复蕴这些美质。美名永传，无与伦比。今看寝宫杳然，佳人无踪。忆昔日之良辰美景，耿耿于心而历历在目。想当日朝阳普照宫殿，清风拂过屋檐。你我娓娓交谈，相视一笑而莫逆于心。春日落英缤纷蝴蝶翻飞，寒食佳节雨过天晴，我们车来辇往、或宴或息，尽情欢乐。想那樱桃成熟，夏日流空，竹林森森，红莲惊艳，你罗衣如烟，修容似雪，纤眉似月，高髻凌风，面色和悦，欢乐洋溢。等到寒蝉鸣愁，槐树凋零，在此清秋，本应百感交集，然我心中无忧，故物不乱我心。你用琵琶弹起清商之曲，醉中唱着动听的歌曲。欢乐如何？且歌且宴。及至冬日，蕙帏之内寒气沁人，兰堂之外白雪飞舞。屋内珠帘暮卷，金炉香烟袅袅。你面容美艳，双目宝光流动。那彻夜欢饮，我们如何能忘？年去年来，纵情玩乐。而光阴不足，往往惆怅不已。如何倏然之间，一切都成为过去？唉！悲哀啊！

【原文】

孰谓逝者，荏苒弥疏①？我思姝子②，永念③犹初。爱而不见④，我心毁⑤如。寒暑斯疚⑥，吾宁御诸？呜呼哀哉！

【注释】

①荏苒（rěn rǎn）：渐渐过去，常形容时光易逝。

②姝子：美女。

③永念：念念不忘。

④爱：通"薆"，隐蔽，障蔽。语出《诗经·卫风·静女》："爱而不见，搔首踟蹰。"这里指大周后逝去。

⑤毁：亏缺，残破。

⑥寒暑：冷和热，寒气和暑气，这里用作动词，意谓冷热交加。疾：久病，疾病。

【译文】

谁说逝者，会在生者心中渐渐淡去？我思爱侣，永远如初。逝而不见，我心如缺。我怎能抗拒这冷热交加的相思之疾？唉！悲哀啊！

【原文】

万物无心，风烟若故。惟日惟月，以阴以雨。事则依然，人乎何所？悄悄房栊①，孰堪其处。呜呼哀哉！

①房栊：泛指房屋。这里指大周后的住所。

【译文】

万物无心，风烟如故。日月星辰，时阴时雨。万事依旧，人在何方？寝殿悄悄，触物生悲，情何以堪？唉！悲哀啊！

【原文】

佳名镇在①，望月伤娥。双眸永隔，见镜无波。皇皇望绝②，心如之何？暮树苍苍，哀摧无际。历历前欢，多多遗致③。丝竹声悄，绮罗香杳。想涣乎忉怛④，恍越乎悴憔⑤。呜呼哀哉！

【注释】

①佳名镇在：美名长在。佳名，好名声，美名。

②皇皇：美盛貌，庄肃貌。望：仪容，风采。

③致：意态，风度，情趣。

④忉怛（dāo dá）：忧伤，悲痛。

⑤悴憔：忧戚，烦恼。

【译文】

美名长在，望月思人。双眸永隔，镜中再不见秋波粼粼。你已风采不再，我又如何忍受？暮树苍苍，哀伤无边。往日欢乐，历历在目；昔时情趣，涌上心头。丝竹悄然，绮罗香消。心中之痛，日甚一日；心中之忧，日甚一日。唉！悲哀啊！

【原文】

岁云暮①兮，无相见期；情瞀乱②兮，谁将因依？维昔之时兮亦如此，维今之心兮不如斯。呜呼哀哉！

【注释】

①岁云暮：即岁末，年末。云，助词，无实意。

②瞀（mào）乱：昏乱，精神错乱。

【译文】

又是年末啊，却再无相见之期；心情昏乱啊，能再和谁相扶相依？过去啊也曾如此，可今日的心绪啊大不如昔。唉！悲哀啊！

【原文】

神之不仁兮，敛怨为德①。既取我子兮，又毁我室②。镜重轮兮何年？兰袭香兮何日？呜呼哀哉！

【注释】

①敛怨为德：亦即颠倒错乱，行事不公。语本《诗经·大雅·荡》："敛怨以为德。"

②室：这里指妻子周娥皇。乾德二年冬十月，李煜次子仲宣卒；十一月，大周后卒。

【译文】

神灵不仁啊，胡乱作为。既取我子啊，又毁我妻。破镜重圆啊要等何年？兰再吐芳啊要等何日？唉！悲哀啊！

231

【原文】

天漫漫兮愁云噎①，空暖暖②兮愁烟起。蛾眉寂寞兮闭佳城③，哀寝悲氛兮竟徒尔④。呜呼哀哉！

【注释】

①噎（yē）：积聚不散。

②暖暖：昏昧不明貌。

③蛾眉：借指美女，这里指大周后。佳城：喻指墓地。《西京杂记》卷四："滕公驾至东都门，马鸣，局不肯前，以足跑地久之。滕公使士卒掘马所跑地，入三尺所，得石椁。滕公以烛照之，有铭焉……曰：'佳城郁郁，三千年见白日。吁嗟滕公居此室！'"

④寝：指陵寝，秦汉以后帝王陵墓上的正殿。徒尔：徒然，枉然。

【译文】

天漫漫啊愁云不散，雾蒙蒙啊愁烟四起。蛾眉寂寞啊深闭坟茔。世人悲伤啊再无感知。唉！悲哀啊！

【原文】

日月有时兮龟蓍既许①，箫笳凄咽兮旗常是举②。龙輀一驾兮无来辕③，金屋④千秋兮永无主。呜呼哀哉！

【注释】

①日月有时兮龟蓍（shī）既许：意谓李煜和大周后得从心愿，结为夫妇。日月，太阳和月亮，也用作比喻帝、后。龟蓍，龟甲和蓍草，古代占卜之具。这里指占卜结果。

②箫笳（jiā）：管乐器名。笳，即胡笳，其音悲凉。旗（qí）常：旗与常。旗画交龙，常画日月，是王侯的旗帜。语本《周礼·春官·司常》："日月为常，交龙为旗……王建大常，诸侯建旗。"

③龙輀（ér）：亦作"龙轜"，帝王的丧车。这里指大周后的丧车。来辕：归来的车乘。

④金屋：华美之屋。《汉武故事》："帝以乙酉年七月七日生于猗兰殿。年四岁。立为胶东王。数岁，长公主嫖抱置膝上，问曰：'儿欲得妇不？'胶东王曰：'欲得妇。'长主指左右长御百余人，皆云不用。末指其女问曰：'阿娇好不？'于是乃笑对曰：'好！若得阿娇作妇，当作金屋贮之也。'"

【译文】

当日成婚得从所愿啊占卜曰吉，而今箫笳凄咽啊灵旗长举。灵柩

233

一去啊永不归来，金屋千秋啊再无主人。唉！悲哀啊！

【原文】

木交枸兮风索索①，鸟相鸣兮飞翼翼②。吊孤影兮孰我哀？私自怜兮痛无极。呜呼哀哉！

【注释】

①交枸（gōu）：弯曲相交。枸，弯曲。索索：犹瑟瑟。形容细碎之声。

②翼翼：整齐貌。

【译文】

木结连理啊风瑟瑟，鸟鸣相和啊比翼飞。形影相吊啊谁比我悲哀？顾影自怜啊悲痛无边。唉！悲哀啊！

【原文】

夜寤皆感兮何响不哀？穷求弗获兮此心隳摧①。号无声兮何续？神永逝兮长乖②。呜呼哀哉！

【注释】

①隳（huī）摧：犹坍塌。

②长乖：永别。多指死亡。

【译文】

午夜梦回啊满耳悲声，四顾茫茫啊心如死灰。号泣无声啊何以为继？斯人永逝啊一去不回。唉！悲哀啊！

【原文】

杳杳香魂①，茫茫天步②。抆血抚榇③，邀子何所？苟云路④之可穷，冀传情于方士⑤。呜呼哀哉！

【注释】

①香魂：美人之魂。

②天步：天之行步。指时运、国运等。

③抆（wěn）血：擦拭血泪，表示极其哀痛。常用于旧时讣文中。列名的亲属有抆血、拭泪之别，以示亲疏。抆血较拭泪为重。抚榇（chèn）：抚摸棺木。榇，古时指内棺，后泛指棺材。

④云路：上天之路，升仙之路。

⑤传情于方士：意谓托方士传情。白居易《长恨歌》说唐玄宗李隆基在杨玉环死后，曾托方士寻找其魂魄："临邛道士鸿都客，能以精诚致魂魄。为感君王展转思，遂教方士殷勤觅。排空驭气奔如电，升天入地求之遍。上穷碧落下黄泉，两处茫茫皆不见。忽闻海上有仙山，山在虚无缥缈间。"方士，方术之士。古代自称能访仙炼丹以求长生不老的人。

【译文】

渺渺香魂，茫茫时运。拭泪抚棺，觅你何处？若仙路能够穷尽，希望方士可以传情。唉！悲哀啊！

【赏析】

宋太祖乾德二年（964）十一月二日，在李煜年方四岁的次子仲宣病亡刚好一个月之后，大周后娥皇病故，时年二十九岁。李煜"自制诔，刻之石，与后所爱金屑檀槽琵琶同葬。又作书燔之与诀，自称鳏夫煜，其辞数千言，皆极酸楚"（陆游《南唐书》卷十六），这篇诔辞即是当时所写。

在这篇诔中，李煜先是慨叹天道之无情、尘世之纷扰，在此基础上，叙述了大周后之死："窈窕难追，不禄于世。玉润珠融，殒然破碎。"回顾了周娥皇所具备的美丽、贤惠、端庄、能干等种种妇德，引出自己对其无限依恋之情："茫茫独逝，舍我何乡？"

接着李煜回忆两人幸福的结合："昔我新昏，燕尔情好。媒无劳辞，筮无违报。《归妹》邀终，《咸》爻协兆。"回忆了周娥皇多才多艺："采戏传能，奕棋逞妙。媚动占相，歌萦柔调。"回忆了她歌舞、音律上的才能："翠虬一举，红袖飞花。情驰天际，思栖云涯。发扬掩抑，纤紧洪奢。""制革常调，法移往度。翦遏繁态，蔼成新矩。"回忆了两人一年四季在一起的幸福生活，以及大周后留给自己的深刻记忆：春日"接辇穷欢，是宴是息"；夏日"辑柔尔颜，何乐靡从"；秋日"弦尔清商，艳尔醉盼"；冬日"丽尔渥丹，婉尔清扬"。最后一唱三叹，描述大周后去世后自己的忧伤，以及自己的无穷思念。

全篇一千三百多字，这是我们现在能见到的李煜留下的最长的文章。

在这篇诔中，李煜作为词人的才气、作为丈夫的情感、作为知己的悲怆之情充分体现出来。如他每一部分的描写回忆之后，总会附录一段无限哀伤的感叹，技巧上生画龙点睛之妙，抒情上有长歌当哭之效："今也如何？不终往告。呜呼哀哉！""如何一旦，同心旷世。呜呼哀哉！""今也则亡，永从遐逝。呜呼哀哉！""如何倏然，已为畴曩。呜呼哀哉！"结尾更是以四段对于大周后去世后针对自己生存状况的专门描写和抒情来表达"想一想你走后我的悲伤"的主题，正是阴阳之隔的夫妇，丈夫在深情呼唤妻子，极具震撼力。

宋代马令《南唐书》卷六说大周后病重期间："后主朝夕视食，药非亲尝不进，衣不解带者累夕。"大周后去世后："后主哀苦骨立，杖而后起。"宋代释文莹《玉壶野史》卷十更说："煜悼痛伤悲，擗踊几绝者数四，将赴井，而救之获免。"这些都有助于我们了解这篇诔中所表现的感情。

大周后是南唐三朝元老周宗的女儿，周家世居金陵，周宗更是李煜祖父李昪的亲信，在当年李昪夺权的过程中发挥过重要作用，因

此李煜、周娥皇的联姻有着相当的政治因素。但是在两人十年的婚姻生活中，大周后显然是凭借自己不输于李煜的才情而非家世征服了对方。

她琵琶技艺之高，以至于李璟将自己珍藏的"烧槽琵琶"相赐；她精通音律，与后主宴饮之际，可以顷刻之间，命笺谱曲；她可以引导南唐的时装潮流："创为高髻纤裳及首翘鬓朵之妆，人皆效之。"（陆游《南唐书》卷十六）她是"采戏"行家，著有《偏金叶子格》一卷，《新定偏金叶子格》一卷，《击蒙小叶子格》一卷（宋·郑樵《通志》卷六十九）。就连两人的一些特殊爱好，也是惊人的相似。众所周知，李煜对于佛教的信仰，几乎到了痴迷的程度，而在这方面，两人也是步调一致：

"后主即位，好之（佛）弥笃，辄于禁中崇建寺宇，延集僧尼。后主与周后顶僧伽帽，披袈裟。课诵佛经，跪拜顿颡，至为瘤赘。亲削僧徒厕简，试之以颊，少有芒刺。则再加修治。其手不抄，常作佛印而行，百官士庶，稍稍效之。"（宋代马令《南唐书》卷二十六《浮屠传》）

则无论生活情趣、爱好、才能，还是其他，大周后都算得上"女中李煜"。

而李煜在无限深情地回顾大周后的存在和消失，也仿佛是在哀悼另一个自己，其中的若干句子，放在诗词之中，都堪称经典："玉润珠融，殒然破碎""情澜春媚，爱语风香""绝艳易凋，连城易脆""寒生蕙幄，雪舞兰堂""杳杳香魂，茫茫天步"。而他在文中这一句似乎不起眼的话，其实倒可以看作这篇诔辞的核心：

非子而谁，诚吾有类——不是你是谁啊？我的同类。

不错，李煜哀悼的，正是孤独的他在"乐鲜愁殷"的尘世中、可遇而不可求的同类。所以他才如此悲伤。

书评（善法书者）

【原文】

善法书①者，各得右军②之一体。若虞世南得其美韵而失其俊迈③；欧阳询得其力而失其温秀④；褚遂良得其意而失其变化⑤；薛稷得其清而失于窘拘⑥；颜真卿得其筋而失于粗鲁⑦；柳公权得其骨而失于生犷⑧；徐浩得其肉而失于俗⑨；李邕得其气而失于体格⑩；张旭得其法而失于狂⑪。献之俱得之而失于惊急⑫，无蕴藉态度。此历代宝之为训，所以夐⑬高千古。

【题解】

本文写于后周显德三年（956），是年后周首攻南唐。当时国事告急，但作为诸王之一的李煜生活并没有受到影响。在四处弥漫的战争硝烟中，李煜吟诗作画，品题文字，似乎还沉浸在与大周后新婚的喜悦中，内心不见一丝波澜。在这篇评论历代书法家的书评中，李煜极力推崇王羲之书法，许之为历代书家之渊源。并借用荀子评子游、子夏等得孔子一体说，评论历代著名书家与王羲之的关系，虽不曾明言，但显然是以王羲之为尽善尽美且不可企及。尤其值得关注的是，李煜在这篇书法评论中，对书法美学进行了较为全面的阐述，这对于我们探讨李煜的书法思想，乃至李煜的艺术思想都具有很高的价值。需要指出的是，《全唐文》收录此文止于"无蕴藉态度"，此据南宋桑世昌之《兰亭考》录文。

①法书：名家的书法范本，亦以称美别人的书法。

②右军：即王羲之（303—361），东晋书法家，字逸少，琅琊临沂人。永和中（345—356），拜为右军将军、会稽内史，故后人称为王右军。王羲之以书名，真、行、草、隶俱擅，其特点是平和自然，委婉含蓄。隶书时人以为古今之冠。论者称其笔势"飘若游云"。后人推为"书圣"，古今一人，唐太宗尤好之。

③虞世南得其美韵而失其俊迈：虞世南（558—638），字伯施，行七，越州余姚（今浙江余姚）人。唐太宗称其有五绝："德行、忠直、博学、文辞、书翰。"世南的书法，得到王羲之后人智永的传授，擅正、行、草书。其楷书笔圆体方，外柔内刚，无雕饰习气。其书法风格圆融道逸，与欧阳询齐名，世称"欧虞"。俊迈，优

异卓越，雄健豪迈。

④欧阳询得其力而失其温秀：欧阳询（557—641），字信本，潭州临湘（今湖南长沙）人。欧阳询书法以楷书为最，骨气劲峭，笔力险劲，法度严整，人称"欧体"。唐代张怀瓘《书断》卷中说欧阳询"八体尽能，笔力劲险，篆体尤精……飞白冠绝，峻于古人，有龙蛇战斗之象，云雾轻浓之势。风旋电激，掀举若神。真行之书，虽于大令亦别成一体，森森焉若武库矛戟，风神严于智永，润色寡于虞世南。其草书迭荡流通，视之二王，可为动色，然惊奇跳骏、不避危险，伤于清雅之致"。

⑤褚遂良得其意而失其变化：褚遂良（596—658），字登善，杭州钱塘（今浙江杭州）人。他的书法，唐代韦续《墨薮》卷一谓"字里金生，行间玉润。法则温雅，美丽多方"。唐代张彦远《法书要录》卷四《唐朝叙书录》说："（贞观）十年，太宗尝谓侍中魏徵曰：'虞世南死后，无人可与论书。'徵曰：'褚遂良下笔遒劲，甚得王逸少之体。'太宗即日召令侍书。尝以金帛购求王羲之书迹，天下争赍古书诣阙以献，当时莫能辨其真伪，遂良备论所出，一无舛误。"

⑥薛稷得其清而失于窘拘：薛稷（649—713），字嗣通，蒲州汾阴（今山西万荣）人，魏徵外孙。其书法学褚遂良，尤尚绮丽媚好。用笔纤瘦，结体疏朗，自成一家。后来宋徽宗赵佶的"瘦金体"即由薛稷体演化而来。窘，困窘，困迫。

⑦颜真卿得其筋而失于粗鲁：颜真卿（709—784），字清臣，行十三，祖籍琅琊临沂，京兆长安（今陕西西安）人。颜真卿书法精绝，楷书端庄雄伟，气势开张。行书遒劲舒和，神采飞动。其书人称"颜

体"。宋代朱长文《续书断·上》说他："点如坠石，画如夏云，钩如屈金，戈如发弩，纵横有象，低昂有态，自羲、献以来，未有如公者也。"

⑧柳公权得其骨而失于生犷（guǎng）：柳公权（778—865），字诚悬，京兆华原（今陕西耀县）人。年十二，工词赋，尤工法书。初学王羲之，后遍阅近代书法，形成自己的风格，体势劲媚，点画爽利挺秀，结体严谨，与颜真卿齐名，世称"颜筋柳骨"。生犷，蛮横不驯。

⑨徐浩得其肉而失于俗：徐浩（703—782），字季海，祖籍吴兴，越州剡县（今浙江嵊州）人。徐浩精于书法，明代陶宗仪《书史会要》卷五说他："初受法于父，真行草隶皆益工，尝书四十二幅屏，八体皆备，草隶尤胜，论者谓其力如怒猊抉石、渴骥奔泉。盖浩书锋藏画心，力出字外，得意处往往似王羲之，其妙实在指法也。"

⑩李邕得其气而失于体格：李邕（678—747），字泰和，扬州江都（今江苏扬州）人。李邕长于书法，魏晋以来，碑铭刻石多用正书，李邕始用行书，后人效之。《宣和书谱》卷八说他："精于翰墨，行草之名尤著。""初学右军行法，顿挫起伏既得其妙，复乃摆脱旧习，笔力一新。""议者以谓骨气洞达，奕奕如有神力。"体格，指诗文或字画等的体裁格调、体制格局。

⑪张旭得其法而失于狂：张旭（生卒年不详），字伯高，行九，苏州吴（今江苏苏州）人。旭嗜酒，每大醉，呼叫狂走，乃下笔。或以头濡墨而书，既醒自视，以为神，不可复得也，世呼"张颠"。旭自言始见公主担夫争道，又闻鼓吹而得笔法意；观倡公孙舞剑器得其神。

张旭书法得于二王而又有所创新，工楷、草书。《宣和书谱》卷十八说他"其名本以颠草，而至于小楷行书又复不减草字之妙。其草字虽奇怪百出，而求其源流，无一点画不该规矩者。或谓张颠不颠者，是也。后之论书，凡欧虞褚薛皆有异论，至旭，无所短者。故有唐名卿传其法者，惟颜真卿云"。

⑫献之俱得之而失于惊急：献之，即王献之（344—386），东晋书法家，字子敬，王羲之第七子。献之以善书垂名后世，与父并称"二王"，论者以为骨力不及其父而逸气媚趣过之。惊急，笔势猛烈而急速。

⑬夐（xiòng）：高超。

【译文】

善书法者，各得王右军的一部分技巧和风格。虞世南得其秀美和谐而失其卓异豪迈；欧阳询得其力度而失其温润清秀；褚遂良得其意趣而失其变化；薛稷得其清丽而失于窘迫拘束；颜真卿得其筋力而失于粗野鲁莽；柳公权得其骨力而失于蛮横不驯；徐浩得其丰美而失于俗气；李邕得其气韵而失于变化

不足；张旭得其要领而失于狂乱；王献之几乎得到了王右军真传，但是失于笔势惊急，没有含蓄从容的姿态。这都是历代珍视的经验，足以卓绝千古。

【原文】

柔兆执徐暮春之初①，清辉西阁因观《修禊叙》②，为张洎③评此。

【注释】

①柔兆执徐暮春之初：即丙辰年暮春之初，后周世宗柴荣显德三年（956）。柔兆，岁阳名之一，指太岁在"丙"。古代岁星纪年法用岁阳和岁阴相配合以纪年。执徐，古时以干支纪年，岁在"辰"为执徐。

②修禊叙：即通常说的王羲之《兰亭集序》。修禊，古代民俗于农历三月上旬的巳日（三国魏以后始固定为三月初三）到水边嬉戏，以祓除不祥，称为修禊。

③张洎（jì）（934—997）：字师黯，改字偕仁，滁州全椒（今属安徽）人。洎少有俊才，博通坟典，江南举进士，解褐上元尉。显德末，擢监察御史。李璟迁国豫章，留煜居守，即荐洎为煜记室，不得从。李煜即位，擢工部员外郎，试知制诰，满岁为礼部员外郎、知制诰，迁中书舍人、清辉殿学士，参预机密，恩宠第一。清辉殿在后苑中，煜宠洎不欲离左右，授职内殿，中外之务，一以谘之，每兄弟宴饮作妓乐，洎独得预。入宋后官至给事中、参知政事。

【译文】

丙辰暮春之初，在清辉西阁因观赏王右军《兰亭集序》，为张洎论之。

【赏析】

这段文字见宋代桑世昌《兰亭考》卷五。据落款，我们知道这是在丙辰岁，李煜和张洎观赏《兰亭集序》时写下的一段题跋。

当时南唐正被北方的后周打得喘不过气来，其江北诸州已经半为后周所有，四十岁的南唐皇帝李璟遣使进贡、称臣、请去帝号、割濒淮六州等，依旧不能阻止北方军队前进的脚步，这年四月，后周大将赵匡胤再次击败南唐军队，南唐精兵损耗殆尽。南唐国势不振，李煜却似乎正过着好日子：刚好二十岁的李煜，年前十二月刚做了沿江巡阅使，和周娥皇成婚已是两年，春光明媚之时吟诗作赋、赏鉴书画，正是李煜的一贯作风。

这段评论中李煜指点江山，以书圣王羲之为祖，对近代以来的书法家一一分析，算得上切中肯綮，从中亦可以见出李煜"书中帝王"的气派。宋代董更《书录》卷中载：

江南李后主善书，尝为近臣语书，有言颜鲁公（真卿）端劲有法，后主鄙之，曰："真卿之书有楷法而无佳处，正如叉手并脚田舍汉耳。"

"有楷法而无佳处""如叉手并脚田舍汉"，其实恰好是本文中"得其筋而失于粗鲁"的形象解释。

值得一提的是，《全唐文》收录这段题跋，其中"此历代宝之为训，所以复高千古"一句以及"柔兆执徐暮春之初，清辉西阁因观《修禊叙》，为张洎评此"这一落款失收，坊间许多李煜文集因之，致使这段书法评论一直显得没头没尾，未免是一件憾事。

书述（壮岁书亦壮）

【原文】

壮岁书亦壮。犹嫖姚十八从军①，初拥千骑，凭陵②沙漠，而目无勃敌③。又如夏云奇峰④，畏日烈景⑤，纵横炎炎⑥，不可向迩，其任势⑦也如此。老来书亦老，如诸葛亮董戎⑧，朱睿接敌，举板舆自随，以白羽麾军⑨，不见其风骨⑩，而毫素⑪相适，笔无全锋。噫，壮老不同，功用则异，唯所能者可以言之。

【题解】

《书述》最早见存于宋代陈思的《书苑菁华》，但无最后一段对"拨镫法"解说的文字。这段解说"拨镫法"的文字见于《御定佩文斋书画谱》卷三，但也有自相矛盾之处。即其解说的不是七字"拨镫"，而是八字。近人沈尹默在《书法论》中考证，谓五字执笔法的"擫、压、钩、格、抵"创自二王，而阐明于唐代的陆希声。而作为转指法的"拨镫法"四字法是晚唐卢肇依托韩吏部而密守，后来才传给林蕴（详见林蕴《拨镫序》）。把五字执笔法与转指四字法混而为一的是李煜，并在五字执笔法的基础上又加上了"导、送"（见宋人董更《书录》所引《皇朝内苑》）。所以沈尹默认为《书述》中的七字法是李煜加入了自己的意思而创造的。但《御定佩文斋书画谱》解说的却不是七字，而是八字，七字之外又加上了"拒"。看来这段解说文字也不一定出自李煜的《书述》。但无论如何，这段论书法的文字反映了李煜的书法思想。在这篇文字中，李煜主要谈了两个方面的问题，一是书法风格与人的年龄之间有密切关系，年轻气盛时笔力雄健，年老历世则凝重雄浑。二是谈执笔法与运笔法。

李煜工书善画，又喜购藏古人墨宝，且钟、王真迹至多。他善写墨竹，尤工翎毛，凡署"钟隐笔"者（钟隐是李煜的别号"钟峰隐居"省称），皆其自画。书法则得笔于柳公权，特为遒劲，号称"金错刀""撮襟书"。所为"书评"，称欧、虞、褚、薛、李、颜诸家，各得右军之一体，尤称特识。

【注释】

①嫖（piáo）姚十八从军：嫖姚，劲疾之貌。此指西汉名将霍去病（前140—前117）。汉武帝元朔六年（前123），霍去病年仅十八岁，为嫖姚校尉，率八百骑兵远袭匈奴，功盖三军，被封为冠军侯。

②凭陵：横行。

③勍（qíng）敌：强敌。

④夏云奇峰：谓从夏云变幻之中悟出草书变化无定的道理。唐代陆羽《怀素别传》载《释怀素与颜真卿论草书》：怀素与邬彤为友，尝从彤受笔法。彤曰："张长史（张旭）私教彤云：'孤蓬自振，惊砂坐飞，余自是得奇怪。'草圣尽于此矣。"颜真卿曰："师亦有自得乎？"素云："吾观夏云多奇峰，尝师之，其痛快处如飞鸟入林，惊

蛇入草。如遇坼壁之路，一一自然。"

⑤畏日烈景：即夏天的烈日。烈景，烈日。

⑥炎炎：灼热貌。

⑦任势：谓利用各种有利的态势或事物发展变化的趋势。

⑧董戎：统帅军队。

⑨朱睿接敌，举板舆自随，以白羽麾军：《梁书·韦叡传》："叡乘素木舆，执白角如意，麾军一日数合。"朱睿，疑为韦叡之误。板舆，古代一种用人抬的代步工具。麾军，指挥军队。

⑩风骨：指刚正的气概。

⑪毫素：毛笔和写字作画用的白色细绢。后泛称纸笔。

【译文】

人当壮年，书法气势也足。仿佛霍去病十八岁从军，拥兵千骑，纵横沙漠，而目中没有强敌。又好像夏云多变奇峰多姿，夏日烈焰，热气纵横，不可靠近，其气势奔放一至于此。年老了书法也老道了，如诸葛亮领军，朱睿迎敌，乘坐板舆，以羽扇指挥，不见其刚强气概，而此时纸笔相适，锋芒内敛。唉，年龄不同，造诣则异，只有长于此者才可以和他谈论这些。

【原文】

书有"七字法"，谓之拨镫①，自卫夫人并钟、王②，传授于欧、颜、褚、陆③等，流于此日，然世人罕知其道者，孤以幸会得授诲于先生④。奇哉，是书也！非天赋其性，口授要诀，然后研功覃思⑤，则不能穷其奥妙，安得不秘而宝之！所谓法者，擫、压、钩、揭、抵、拒、导、送是也。此字今有颜公真卿墨迹尚存于世，余恐将来学无所闻焉，故聊记之。

【注释】

①书有七字法，谓之拨镫（dèng）：晚唐林蕴传自卢肇的运笔时的四种指法：推、拖、捻、拽。亦即通常所说的"拨镫四字法"："镫，马镫也。盖以笔管着中指、名指尖，令圆活易转动，笔管既直，则虎口间开圆如马镫也。足踏马镫浅，则易转运，手执笔管亦欲其浅，则易转动也。"（宋代陈思《书苑菁华》）后有人将其与唐人陆希声的"五字执笔法"混淆，李煜大概是从其书法老师誉光处得到这五字法，并增加了运笔的内容。宋代罗愿《新安志》卷十"杂艺"引《杨文公谈苑》："钱邓州若水尝言：古之善书鲜有得笔法者，唐陆希声得之，凡五字：撅、押、钩、格、抵。用笔双钩，则点画遒劲而尽妙，谓之'拨镫法'。希声言，自斯翁（李斯）及二王以至阳冰（李阳冰，唐代书法家）皆传此法，希声以授沙门誉光，光入长安为翰林供奉。刁衎言江南后主得此法，书绝劲，复增二字，曰：导、送。今待诏尹熙古亦得之，而所书为一时之绝。查道始习篆，患其体势柔弱，熙古教以此法，仍双钩用笔，经半年始习熟，而篆体劲直甚佳。"近人沈尹默《书法论》辩之甚明："拨镫法是晚唐卢肇托韩吏部所传授而秘守者，后来才传给林蕴的。它是推、拖、拈、拽四字诀。就这四个字的意义看来，实是转指法。""把拨镫四字诀和五字执笔法混为一谈，始于南唐李煜。煜受书于誉光，著有《书述》一篇，他说：'书有七字法，谓之拨镫。'又说：'所谓法者，撅、压、钩、揭、抵、导、送是也。''导''送'两字是他所加，或者得誉光的口授，亦未可知。这是不对的，是不合

理的，因为导送是主运的，和执法无关。""由此可见，李煜的七字法是参加了自己的意思的，是不尽可以为根据的。"

②卫夫人：东晋女书法家卫铄。唐代张怀瑾《书断》卷中："卫夫人名铄，字茂猗……汝阴太守李矩之妻也。隶书尤善，规矩钟公，云：'碎玉壶之冰，烂瑶台之月；婉然芳树，穆若清风。'右军少尝师之，永和五年卒，年七十八。"宋代姚宽《西溪丛语》卷上："（卫夫人），王逸少师，善钟法，能正书，入妙能品。王子敬（献之）年五岁，已有书意，夫人书《大雅吟》赐之。"钟、王：即钟繇和王羲之。

③欧、颜、褚、陆：即唐代书法家欧阳询、颜真卿、褚遂良、陆柬之。

④先生：即晋光。《高僧传》："晋光，字登封，姓吴氏，永嘉人，多作古调诗，长于草、隶，闻陆希声谪宦于豫章，往

谒之，授五指拨镫诀。书体遒健，转腕回笔，非常人所知，昭宗诏对御榻前书，赐紫方袍。"

⑤覃（tán）思：深思。

【译文】

书法有"七字法"，称为"拨镫"，从卫夫人和钟繇、王羲之，传授给欧阳询、颜真卿、褚遂良、陆柬之等，一直流传到今天，但世人少有知道其中诀窍的，而我有幸得到謷光先生的传授教诲。这七字法真是奇妙啊！如果不是天赋异禀，口授要诀，然后深思勤练，就不能穷尽其中的奥妙，又怎能不将其珍藏！所谓诀窍，就是擫、压、钩、揭、抵、拒、导、送。这些内容现在还有颜真卿墨迹尚存于世，我怕将来学习的人无处可以得到这些，所以就将其记录下来。

【原文】

擫①者，擫大指骨上节，下端用力欲直，如提千钧。

压②者，捺食指著中节旁。

钩③者，钩中指著指尖钩笔，令向下。

揭④者，揭名指著指爪肉之际揭笔，令向上。

抵者，名指揭笔，中指抵住⑤。

拒⑥者，中指钩笔，名指拒定。

导⑦者，小指引名指过右。

送⑧者，小指送名指过左。

【注释】

①擫（yè）：书法术语，执笔法之一。以大拇指紧按笔管左内方。

251

②压：书法术语。执笔法之一。用笔以食指上节端压定笔管之右曰压。

③钩：书法术语。执笔指法之一。在用拇指、食指将笔管约束住的情况下，再以中指之第一、第二两指节弯曲如钩，钩住笔管之外侧。

④揭：汉字书法术语。执笔法之一。从无名指甲肉之间部分将笔管挡向外，令笔管向上。

⑤抵者，名指揭笔，中指抵住：此处不通，似有脱误。抵，书法的执笔方法之一。以小指靠着托住无名指，挡住和推着中指的钩。沈尹默《书法论·笔法》："抵字是解释小指的用处的。抵有垫着、托着的意思。"

⑥拒：名指与中指相配合的动作，名指揭笔，而中指节制之。

⑦导：谓运指之法，引导。

⑧送：谓运指之法，推送。

【译文】

撅，就是用大拇指上节（指肚部分）紧按笔管左内侧，下端用力使笔杆垂直，如提千钧。

压，食指中节紧贴笔管，与大拇指相对夹持笔管。

钩，用中指以指尖钩住笔管，令其垂下。

揭，用无名指指甲与肉之间的部分把中指钩向内的笔管挡住向外，令笔管向上。

抵，无名指向外拒定笔管，小指衬托于无名指下，以增加力量，挡住中指之钩。

拒，中指向内钩住笔管，无名指向外拒定。

导，运笔之时，小指引领无名指过右。

送，运笔之时，小指送无名指过左。

【赏析】

这段文字一般引用都注明来自宋代陈思《书苑菁华》卷二十，但是《书苑菁华》所载不全，而《御定佩文斋书画谱》卷三载录的这段文字也注明来自《书苑菁华》，却又比《书苑菁华》完整，所以我们将这两处互补互校而成此篇。

这段文字阐述了两方面内容。第一，李煜认为，书法和年龄有关，壮年之时，书法气势充足、锋芒逼人、变化多端，而年纪大了则神气内敛，更为老道。第二，李煜讲述了自己学习到的"拨镫"五字执笔

法，并根据自己的体会，增加了运笔内容，称为七字法（据本文，李煜将其发挥为八字法）。尽管李煜这里所说的书法技巧传承和内容阐释，在书法史上尚有争论，且至今似乎还没有平息，但是这不妨碍大家承认李煜的确是一个书法行家。

李煜的书法在宋代就很被注意，"金错刀""撮襟书"皆可谓其创新。《宣和画谱》卷十七：

"李氏（李煜）能文善书画，书作颤笔樛曲之状，遒劲如寒松霜竹，谓之'金错刀'。

"画亦清爽不凡，别为一格……李氏又复能为墨竹，此互相取备也。其画虽传于世者不多，然推类可以想见，至于画《风虎云龙图》者，便见有霸者之略，异于常画，盖不期至。"

卷十二则说：

"李煜作大字不事笔，卷帛而书之，皆能如意，世谓'撮襟书'，复喜作颤掣势，人又目其状为'金错刀'。"

又：

"喜作行书，落笔瘦硬而风神溢出，然殊乏姿媚，如穷谷道人、酸寒书生，鹑衣而鸢肩，略无富贵之气。"

则李煜的书论，显然是有其实践作底蕴，而非泛泛空谈。

答张佖谏书手批①（古人读书）

【原文】

古人读书，不止为词赋口舌也。委质②事人，忠言无隐，斯可谓不辱士君子之风矣。朕纂承③之始，德政未敷④，哀毁之中，智虑荒乱。深虞⑤布政设教，有不足仰嗣先皇，下副⑥民望。卿居下位，而首进说谋⑦，十事焕美⑧，可举而行。朕必善初而思终，卿无今直而后佞⑨，其中事件，亦有已于敕书处分者⑩。二十八日⑪。

【题解】

宋太祖赵匡胤建隆二年（961）三月，迫于北方宋王朝的威胁，南唐中主李璟迁都南昌，立吴王从嘉（李煜）为太子，留金陵监国。六月李璟病故。七月，李璟丧还金陵，李煜即位。二十八日，将仕郎守江宁府句容县尉张佖即上书陈十策，言辞激切："臣以国家今日之急务，略陈其纲要，伏唯留听幸甚：一曰举简大以行君道，二曰略繁小以责臣职，三曰明赏罚以彰劝善惩恶，四曰慎名器以杜作威擅权，五曰询言行以择忠良，六曰均赋役以安黎庶，七曰纳谏诤以容正直，八曰究毁誉以远谗佞，九曰节用以行克俭，十曰克己以固旧好。亦在审先代之治乱，考前载之褒贬；纤芥之恶必去，毫厘之善必为；密取舍之机，济宽猛之政；进经学之士，退掊克之吏；察迩言以广视听，好下士以通蔽塞；斥无用之物，罢不急之务。此而不治，臣不信矣。"（宋郑文宝《江表志》卷三）

李煜读后，非常感动，当天即亲笔批示，并对张佖加以提拔，宋陈彭年《江南别录》说："句容尉张佖上书，言为理之要，词甚激切。后主手诏慰谕，征为监察御史。"

【注释】

①张佖（bì）：常州人，祖籍淮南，生于932—937年间，南唐中主李璟宝大十一年（953）因徐铉推荐而及第，释褐为句容尉，建隆二年（961）上书后主陈治国十策，旋擢监察御史，后随后主归宋，屡有升迁，官终右谏议大夫、史馆修撰。淳化五年（994）尚在任，此后事迹失载。此张佖和《花间集》词人张泌并非同一人，详参李定广《千年张佖疑案断是非》。谏书：向君主进谏的奏章。

②委质：向君主献礼，表示献身。一说下拜，表示恭敬承奉之意。

③纂（zuǎn）承：继承。

④德政未敷：德政尚未施行。德政，旧指有仁德的政治措施或政绩。敷，施予，施行。

⑤虞：忧虑，忧患。

⑥副：相称，符合。

⑦谠（dǎng）谋：正直的谋议。

⑧焕美：精彩。焕，光亮，鲜明。语本《论语·泰伯》："焕乎，其有文章！"

⑨佞（nìng）：柔弱，柔媚，引申为用花言巧语谄媚人。

⑩赦书：颁布赦令的文告。处分：处理，处置。

⑪二十八日：即宋太祖赵匡胤建隆二年（961）七月二十八日。是月，李璟丧还金陵。太子李从嘉嗣，更名煜，是为后主。二十八日将仕郎守江宁府句容县尉张佖即上书陈十策，据此日期落款可知，李煜

当天即亲自批复了这篇奏章。

【译文】

古人读书，不只是为了吟诗作赋谈吐高雅。效忠君主、直言不讳，这才称得上不辱没士君子的风范。我即位之初，德政未行，哀伤之中，思虑混乱。深忧安排政事实施教化，上不足继承先皇，下未能满足民望。您身居下位，却首进嘉谋，所提十项建议，都非常精彩，可以推行实施。我一定善始善终，也希望您亦不要虎头蛇尾。谏书中提到的一些事项，有的赦书中已经发布实行了。

【赏析】

李煜这段手批，大致可分为三层意思：

第一层，有感于张泌的敢于进言，指出士君子读书的使命，在提高个人创作能力和语言能力之外，更重要的是忠君爱民，从而含蓄地对张泌行为作了肯定。第二层分析自己目前的状况，父亲刚去时，自己刚刚即位，处于悲伤之中，一切有待于努力。既是解释国内目前的

不正常状态，也是感谢张泌对自己的支持。最后一层，直接对张泌上书的内容和行为予以肯定，并与张泌相互勉励，君臣要善始善终。最后，李煜似乎还不忘还捎上一个小小的自我表扬："谏书中的一些事项，我已经在赦书中推广实行了。"

细观张泌所陈十策，的确切中肯綮，不啻为振兴南唐的良药；再观李煜当日所作的手批文字，也的确情真意切、从谏如流。然而看李煜的最终表现，这十策似乎并未实施到底，也未发挥挽救南唐国运的作用。十四年后，南唐最终还是灭亡了。

遗吴越王书①（今日无我）

【原文】

今日无我，明日岂有君？明天子一旦易地酬勋②，王亦大梁一布衣耳③。

【题解】

这段文字见《宋史》卷四百八十《吴越世家》，当是一封书信的主体内容。宋太祖开宝七年（974）秋，宋军下江南，太祖"遣内客省使丁德裕赍诏以〔吴越王钱〕俶为升州东面招抚制智使，赐战马二百匹、旌旗剑甲，令德裕以禁兵步骑千人为俶前锋，尽护其军"。十月，钱俶率军包围常州，与已占领池州的曹彬形成合围金陵之势。于是李煜写下了这封信给钱俶，希望他能退兵。完整的信已经看不到，但可以推测李煜之意乃劝谏钱俶，莫忘"唇亡齿寒"的古训。

【注释】

①遗（wèi）吴越王书：给吴越王钱俶的信。遗，送交。吴越王，

指钱俶（929—988），字文德，杭州临安人。吴越文穆王元瓘之第九子。乾祐元年（948）初即吴越国王位。后周显德间、宋太祖开宝末，都曾发兵助攻南唐。宋太宗太平兴国三年（978），纳土归宋，被封为淮海国王。雍熙元年（984），改封汉南国王，四年（987）出为永胜军节度使，改封南阳国王，又改许王。端拱元年（988），改封邓王，旋即暴卒。年六十。

②明天子：圣明的天子。这里指宋太祖赵匡胤。酬勋：对有功勋的人给以爵位等奖赏。

③大梁：古地名，战国魏都，在今河南开封西北，隋唐以后，通称今河南开封为大梁。这里即指北宋都城汴梁（今河南开封）。布衣：布制的衣服，后借指平民，古代平民不能衣锦绣，故称。

【译文】

今日不能允许我的存在，明日岂能允许您存在呢？一旦圣明天子换个地方奖酬功勋，大王也不过是大梁城一介平民而已。

【赏析】

这封强调唇亡齿寒、直陈利害的信并没有起到应有的效果。钱俶为了表

示自己的忠心，不仅没有回复李煜，反而将这封信交给了赵匡胤。"（开宝）八年，俶率兵援常州。加守太师，诏俶归国。俶遣大将沈承礼等率兵水陆随王师平润州，遂进讨金陵。"后来，吴越军攻破常州、润州，最终和宋军会师金陵城下，灭了南唐。

其实，当时吴越也并非没有清醒之人，只不过形势比人强，钱俶选择了另一条保身之路而已。司马光《涑水记闻》卷二载：

"吴越丞相沈虎子者，钱氏骨鲠臣也。俶为朝廷攻拔常州，虎子谏曰：'江南，国之藩蔽。今大王自撤其藩蔽，将何以卫社稷乎？'俶出虎子为刺史，以仁冀代为丞相。仁冀说俶曰：'主上英武，所向无敌。今天下事势已可知，保族全民，策之上者也。'俶深然之。"

因为进言联合南唐抗宋，丞相沈虎子尚且被降职，李煜话说得再漂亮又有何用？何况，联宋击南唐、对南唐落井下石，也是吴越王钱俶"保族全民"的策略之一，继任丞相其实说出了钱俶的心里话。

这封书信只不过是乱世之中，两位国王为保国保家而奋斗的一个小细节而已，比李煜（937年生）年长八岁的钱俶（929年生）终于在第二年（975）与宋王朝合力解决了李煜的南唐政权。公元978年，李煜不明不白地死去，葬于洛阳北邙山；而钱俶纳土归降之后，也在988年暴卒，不过多活了十载岁月而已。

批韩熙载①奏（言伪而辩）

【原文】

言伪而辩②，古人恶之。熙载俸有常秩③，锡赉④尚优，而谓厨无盈日，无乃⑤过欤?

【题解】

录自马令《南唐书》十三。

韩熙载家财颇丰，不仅每个月有优厚的俸禄，除此之外，由于他文章写得极好，文名远播，还曾有人向其千金求文，再加上皇帝的赏赐，才使家财有余的韩熙载有能力蓄养伎乐，广招宾客，宴饮歌舞。

宋代周密《癸辛杂识》前集记载："熙载相江南，后主即位，颇疑北人，有鸩死者。熙载惧祸，因肆情坦率，不遵礼法。破其家财，售妓乐数百人，荒淫为乐，无所不至。所受月俸至不能给，遂敝衣破履，作瞽者，持弦琴，俾门生舒雅执板挽之，随房乞丐，以足日膳。后人因画《夜宴图》以讥之，然其情亦可哀矣。"

即使散尽家财，韩熙载还是将钱用在诸伎上，纵情声色，因此搞得自己身无分文。此时，他就会穿上破烂的衣服，乔装乞怜，逐个向诸伎乞讨饭食，大家对此已经习惯了。

　　韩熙载的这种行为，终究养活不了他的一大家子，无可奈何之下，便向后主上表哭穷，后主虽然知道事情的来龙去脉，也对其有些不满，但是赏了他一些钱。韩熙载在这种生活中屡教不改。此篇文章就是李后主对韩熙载奏言的批书。

【注释】

　　①韩熙载（902—970）：字叔言，其先为南阳人。其父家于齐，遂为潍州北海（今山东潍坊）人。后唐同光四年（926）进士。后因为父亲被杀，奔吴。南唐烈祖李昪时，召为秘书郎。元宗李璟时，官至户部侍郎、充铸钱使。后主即位，官至兵部侍郎。熙载见南唐国势日蹙，难以有所作为，遂纵情歌酒，排遣忧愤。后主虽欲任用，但屡因其沉溺声色，最终作罢。宋开宝三年卒，谥曰文靖。

　　②辩：谓言辞或文辞华美、巧妙。

　　③常秩：一定的俸禄。秩，禄廪。

　　④锡赉（lài）：赏赐。

　　⑤无乃：相当于"莫非""恐怕是"，表示委婉测度的语气。

【译文】

　　言词虚伪却又华美巧妙，古人就讨厌这种行为。熙载俸禄有特定的等级，朝廷的赏赐也还优厚，却说厨房里都没有足够的食物，恐怕不确吧？

【赏析】

　　批复短短数句，但是很有条理，态度也很明确。后主先说大道理："言伪而辩，古人恶之。"——说话内容不实形式却很漂亮，为古人所不喜欢。言外之意，你韩熙载恐怕就是这样啊。接着列举两条理由批驳韩熙载哭穷的毫无道理："熙载俸有常秩，锡赉尚优。"——每月的俸禄是你的固定收入，不经常地也会有还算优厚的赏赐——言外之意，这些收入我可是知道的啊。最后径直亮明韩熙载的观点和自己的态度，并列对比，你："谓厨无盈日。"——说厨房每天都没有足够的食物，日子过不下去啦。后主："无乃过欤？"恐怕不是这样吧？你老兄这样也太过分啦！

可以看出，李煜并不是一个脑筋不清楚的人。而后来的处理，也说明后主其实是一个很宽宏的人，他随即"命有司放免逐月所刻料钱，仍赐内库绢百匹、绵千两，以充时服"。命令相关部门免除了韩熙载的债务，不要逐月扣他的钱了，同时又赏赐绢、绵若干，用作衣料。这个细节也反映了后主的聪明之处，即印证了他自己在批复中说的"锡赉尚优"，你看，这不是又一次赏赐？当然，后主自己恐怕也知道韩熙载大手大脚的生活习性。马令《南唐书·韩熙载传》说："熙载畜女乐四十余人，不加检束，恣其出入，与宾客聚杂。后主累欲相之，而恶其如此，乃左授右庶子分司于外。"正因为讨厌其生活腐化、作风不检点，才不用其为宰相，并打算将其放到外边做官。

韩熙载其实是一个有才能的人，他在南唐后期任户部侍郎时的一些举措，对当时的南唐经济起了相当的作用，他在开宝三年病卒，年六十九。李煜很遗憾没有用其为相，所以破格"赠熙载平章事，谥文靖，葬梅颐岗谢安墓侧"。唐中叶后，凡为宰相，必于本官外加"同平章事"衔，意谓共议政事。赠平章事衔，即是宰相了，又葬在东晋名相谢安墓侧，则说明李煜其实很是器重韩熙载这位经历了李昇、李璟、李煜三朝的元老。

批有司奏（天不慭遗）

【原文】

天不慭遗①，碎我瑚琏②。辞章乍览，痛切孤③心。嗟乎，抗直④之言，而今而后，讵不得其过半闻听者乎⑤。可别辍朝⑥一日，赠右仆射⑦平章事，仍官给葬事。

【题解】

这段文字见徐铉《骑省集》卷十六《唐故中书侍郎光政殿学士承旨昌黎韩公墓志铭》："庚午（970）岁秋七月二十七日，没于京凤台里之官舍，上省奏震悼，为之流涕，有司奏当辍朝三日，手批云云。士庶闻之，知与不知，莫不为之悲叹。"

宋太祖开宝三年（970），韩熙载六十九岁时去世，正值南唐朝不保夕之时。"天不慭遗，碎我瑚琏"，足显李煜非常痛惜。后来，李煜打算授予其同平章事的官职，就问身边的人历朝历代是否有这样的先例。有人说东晋时期刘穆之曾经赠开府仪同三司（魏晋南北朝时期的一种高级官位）。于是就封韩熙载左仆射、同平章事的官职，等同宰相，谥曰"文靖"。韩熙载死时已经十分贫穷，棺椁衣衾皆由后主赐给。后主又命人为其选择墓地，要求必须选在"山峰秀绝，灵仙胜境，或与古贤丘表相近，使为泉台雅游"。最终被埋葬在梅颐岭东晋著名大臣谢安墓旁。李煜还命南唐著名文士徐铉为韩熙载撰写墓志铭，让徐锴负责收集其遗存的文章，编集成册。这对于臣子来说，可谓是莫大的荣幸。

【注释】

①憖（yìn）遗：愿意留下。《诗经·小雅·十月之交》："不憖遗一老，俾守我王。"《左传·哀公十六年》："孔丘卒，公诔之曰：'旻天不吊，不憖遗一老，俾屏余一人以在位。'"后以"憖遗"或"天不憖遗"作为哀悼老臣之辞。

②瑚琏（hú liǎn）：古宗庙盛黍稷的礼器。后用以比喻治国安邦之才。

③孤：古代诸侯君王的自称。春秋时诸侯自称寡人，有凶事则称孤，后渐无区别。

④抗直：刚强正直。

⑤迨不得其过半闻听者乎：此处似不通，疑有误。

⑥辍朝：皇帝停止临朝听政。

⑦仆射：官名。秦始置，汉以后因之。汉成帝建始四年（前29），初置尚书五人，一人为仆射，位仅次尚书令，职权渐重。汉献帝建安四年（199），置左右仆射。唐宋左右仆射为宰相之职。宋以后废。

【译文】

上天不留下元老，毁我股肱之臣。乍览辞章，孤心痛切。唉，刚直之言，从今以后，还能听到之前的一半吗？可再辍朝一日，赠右仆射平章事，有司负责丧葬费用。

【赏析】

"天不愁遗，碎我瑚琏"，可以见出李煜的悲痛，然如韩熙载之类人物，李煜又是否做到了人尽其才？李煜此时对于韩熙载的优待，恐怕不无补偿之意：

"后主遣人选葬陇，曰：'惟须山峰秀绝，灵仙胜境，或与古贤丘表相近，使为泉台雅游。'果得梅子冈谢安墓侧，命集贤殿学士徐铉集遗文，藏之书殿。"（宋·释文莹《玉壶野史》卷十）

史载韩熙载亡日："家无余财，棺椁衣衾皆唐主赐之。"（宋代李焘《续资治通鉴长编》卷十一）这更令人唏嘘不已。

附录二　李璟（李煜之父）词赏读

李璟（916—961），字伯玉，初名景通，徐州（今属江苏）人。南唐第二代国君，后主李煜之父。其父李昇，长相奇异，富于军事和政治才能。李璟秉性儒弱，素昧威武。搞得国势削弱，库帑空竭。李璟是一位出色的词人，可惜传世作品很少，仅存《应天长》《望远行》《摊破浣溪沙》等几首。其词不假雕琢，往往直抒胸臆，没有花间词那种"镂玉雕琼"的习气，在绮艳之中蕴涵了浓厚的忧患意识，已经初步显示出南唐词独特的艺术风貌。其中《浣溪沙》最负盛名。

应天长（一钩初月临妆镜）

【原文】

一钩初月①临妆镜，蝉鬓②凤钗③慵④不整。重帘⑤静，层楼⑥迥⑦，惆怅⑧落花风不定。

柳堤⑨芳草径，梦断辘轳⑩金井⑪。昨夜更阑⑫酒醒，春愁过却病。

【题解】

关于此词的作者，有四说。一说李璟作。如陈振孙《南唐二主词》："卷首四阕《应天长》《望远行》各一，《浣溪沙》二，中主所作。

重光尝书之，墨迹在盱江晁氏，题云：先皇御制歌词。"二说冯延巳作。见《阳春集》《词谱》。三说欧阳修作。见《六一词》《词律》。四说李煜作。管效先《南唐二主词全集》说："《阳春集》误收，《六一词》殆亦误入。"《草堂诗余》《历代诗余》《唐王氏词》均列为李煜词。

【注释】

①初月：新月，一说指愁眉。

②蝉鬓：古代妇女的一种发式。两鬓薄如蝉翼，故称。

③凤钗：钗的一种。妇女的头饰。钗头做凤形，故名。

④慵：形容懒散的样子。慵不整指无心梳洗。

⑤重帘：一层层帘幕。

⑥层楼：高楼。

⑦迥：遥远，僻远。

⑧惆怅：因失意或失望而伤感、懊恼。

⑨柳堤：植有柳树的堤岸。

⑩辘轳：亦作"辘轳"。井上汲水的起重装置。比喻心中情思如辘轳般反复上下。

⑪金井：井栏上有雕饰的井。一般用以指宫廷园林里的井。南朝梁人费昶《行路难》诗之一："惟闻哑哑城上乌，玉栏金井牵辘轳。"苏轼《用前韵答西掖诸公见和》："双猊蟠础龙缠栋，金井辘轳鸣晓瓮。"清代陈维崧《品令·夏夜》词："夜色凉千顷，携笛箪，依金井，辘轳清冷。"一说即石井。金，谓其坚固。

⑫更阑：夜深月残。

李煜词
全鉴[珍藏版]

一钩新月从镜子里反射出来，美人蝉鬓蓬松，凤钗斜坠，衣衫不整，无心梳洗。一层层的帘幕静静地挂着，高楼耸立在远方，感伤这窗外落花飘零风儿乱舞。

走上柳阴草绿的堤岸，汲取井水时也心神不定。昨天借酒消愁，深夜醒来，春愁更重远远超过了生病。

【赏析】

这首词写春夜的愁怀。上片描写少妇晨起对镜，然无心梳洗，鬓发不整。下片紧承"柳堤芳草"，换头"辘轳金井"即写过去游乐的美好时光，犹记当时，与友朋携手于芳草香径之间，柳堤金井，然"梦断"二字下得很冷，有一种被夺走的恨意与无奈。

此词上片写晨起无心梳整，下片写昨夜醉醒愁浓，后者是因，前者是果；上片写风飘花落的惆怅，下片写柳堤芳草的

270

情事，后者是回忆，前者是现实。上下两片层层推进，脉络清晰。

望远行（玉砌花光锦绣明）

【原文】

玉砌①花光②锦绣明③，朱扉④长日镇长扃⑤。夜寒不去梦难成，炉香⑥烟冷自亭亭⑦。

辽阳月，秣陵⑧砧⑨，不传消息但传情。黄金窗下忽然惊，征人⑩归日二毛⑪生。

【题解】

《望远行》，《词谱》云："唐教坊曲名。令词始自韦庄。《中原音韵》注商调，《太和正音谱》亦注商调。慢词始自柳永。"

关于这首词的作者，有二说。一说为李璟作。见《词谱》《花庵词选》《南唐二主词》。一说为李煜作。见《全唐诗》《历代诗余》《词律》。

这首词写怀恋远行久别之人，当为闺妇思征夫的词。

【注释】

①玉砌：碧玉一般的石级。

②花光：花的色彩。

③锦绣明：比喻像有花纹色彩的丝织品一样精美明艳。

④朱扉：红漆门。

⑤扃（jiōng）：从外或内关闭门户的门闩。此指关闭。镇长扃，老是关闭着。

⑥炉香：熏香炉里的香。

⑦亭亭：直立貌，独立貌。此指烟气袅袅上升的样子。

⑧秣陵：今南京。

⑨砧：捣衣石，又作捣衣声。

⑩征人：远行的人。一般指出征或戍边的军人。唐代亦专指临时招募的兵士。

⑪二毛：斑白的头发。常用以指老年人。潘岳《秋兴赋序》："余春秋三十有二，始见二毛。"因为斑白的头发混杂着白色和黑色，所以称为"二毛"。

【译文】

碧玉般的石级，明艳的花朵，景色美丽耀眼，而红漆门却整天关着。夜寒还未散尽，想梦见情人却难成梦。炉香已经燃尽，只有余烟还在空中袅袅上升。

我在金陵月色下独自捣衣，遥望月亮，想象情人所在的地方。但月亮似乎有意不给我传来你的消息，只传来脉脉深情。就算有一天忽然传来你立战功的消息，你凯旋之日我却已经头发斑白。

【赏析】

此词托思远人而寄情怀。在玉砌、朱扉的华屋中，居人一任良辰美景、花光锦明虚掷，却无心呼朋引伴，驾车出游。终日紧锁门扉，索居幽处。怎奈夜深幽寒，好梦不成。

下片，辽阳、秣陵为两地，夜月、砧声为两物，闻砧对月，两地同怀，写相思情事，这一句与李清照之"一种相思，两处闲愁"有异曲同工之妙。"不传消息但传情"是指地远路遥。消息沉沉，归期未卜，相见无凭。夜月、砧声不能如信使一样传递征人的消息，慰藉相思，却卷起了离人心中的种种情思，因而更添了相思之苦。金色的阳光照耀着窗棂，无眠的一夜已经过去。"忽然惊"正是居人的心灵震动，她在感慨"征人归日二毛生"，当远离的人归来之时，美人迟暮，青春不再。

摊破浣溪沙（手卷真珠上玉钩）

【原文】

手卷真珠①上玉钩②。依前③春恨锁重楼④。风里落花谁是主⑤，思悠悠。

青鸟⑥不传云外⑦信，丁香⑧空结雨中愁。回首绿波⑨三楚⑩暮，接天流。

【题解】

此调为唐教坊曲，有数名。《词谱》名《山花子》，《高丽乐史》名《感恩多》。宋人认为它是《浣溪沙》的变体，故《乐府雅词》名《摊破浣溪沙》，《梅苑》名《填字浣溪沙》。因中主有此词，又名《南唐浣溪沙》。

　　李璟的词在晚唐五代中意境较高。关于这首《摊破浣溪沙》词的写作背景，马令《南唐书》卷二十五云："王感化善讴歌，清振林木，系乐部，为歌板色。元宗即位，宴乐击鞠不辍，尝乘醉令感化奏《水调》词。感化惟歌'南朝天子爱风流'一句，如是者数四。元宗辄悟，覆杯叹曰：'使孙、陈二主得此，不当有衔璧之辱也。'感化由是有宠。元宗尝作《浣溪沙》二阕，手写赐感化。后主即位，感化以其词札上之。后主感动，赏赉感化甚优。"这首词是代思妇写春愁，抒发对情人的思念，刻画细腻，情中有思，是一首屡得后人称赏的好词。

【注释】

①真珠：指用珍珠做的帘子。

②玉钩：玉制的挂钩。亦为挂钩的美称。

③依前：照旧，仍旧。

④重楼：层楼。

⑤风里落花谁是主：风飘花落，归宿无依，谁是它的主人啊？

⑥青鸟：青色的禽鸟。神话传说中为西王母取食传信的神鸟。《山海经·西山经》："又西二百二十里，曰三危之山，三青鸟居之。"郭璞注："三青鸟主为西王母取食者，别自栖息于此山也。"后以"青鸟"为信使的代称。

⑦云外：指高空、高山之上，遥远的地方。亦指世外仙境。

⑧丁香：此指丁香花。落叶灌木或小乔木。叶卵圆形或肾脏形。花紫色或白色，春季开。有香味。花冠长筒状，果实略扁。李商隐《代赠》："芭蕉不展丁香结，同向春风各自愁。"冯延巳《醉花间》：

274

"霜树尽空枝，肠断丁香结。"其意境可和此句相参照。

⑨绿波：绿色水波。

⑩三楚：战国楚地疆域广阔，秦汉时分为西楚、东楚、南楚，合称三楚。《史记·货殖列传》以淮北、沛、陈、汝南、南郡为西楚；彭城以东，东海、吴、广陵为东楚；衡山、九江、江南、豫章、长沙为南楚。《汉书·高帝纪上》："羽自立为西楚霸王。"颜师古注引孟康《音义》，以江陵（即南郡）为南楚，吴为东楚，彭城为西楚。二说不同。后人诗文中多以泛指长江中游以南，今湖南湖北一带地区。五代时，马殷据长沙，周行逢据武陵，高季兴据江陵，都在古楚地，亦称三楚。见宋代周羽翀《三楚新录》。

【译文】

  轻轻卷起珍珠门帘，挂在玉钩上。看着门外的春景，心中不免生出一股怨气，笼罩了整所高楼。柔弱的花儿随风飘零，眼前暮春的景色让我思绪缥缈，闲愁点点。

  青鸟带不回远方我怀念之人的丁点音信，雨中绽放的丁香花开出团团的愁怨。那绿色水波，浩浩荡荡从三峡奔腾而下，远远望去，碧涛与苍茫的暮色连成一片，长空万里，水天一色。

【赏析】

  这首词咏春恨。李于鳞："上言落花无主之意，下言回首一方之思，写出阑珊春色最是恼人天气。"首句"手卷真珠"，正有望远寄情，遣怀消愁之意，然而春恨依旧，重楼紧锁。"锁"字用得好，是重重春恨把楼中人锁住，而且这春恨依然如故，多少次这样重复的体验已经让人非常抑郁苦闷和不堪忍受了。更何况又见风里落花。因落花之无主，寄寓着人亦无主、飘零孤苦。词人《应天长》中有："惆怅落花风不定。"亦写落花。沈际飞《草堂诗余正集》卷一："落花一事而用意各别，亦各妙。"结句"思悠悠"把这一层难耐的悲感愁戚荡漾开来。

  换头续写春恨，"青鸟不传云外信，丁香空结雨中愁。"一句写远望，一句写近观。"青鸟"句有李商隐《汉宫词》"青雀西飞竟未回，君王长在集灵台"之悲。"丁香"句用李商隐《代赠》"芭蕉不展丁香结，同向春风各自愁"之意。青鸟媒拙，远信难托，写出期待成空的落寞。雨中丁香，滴沥离披，写出惆怅之人见丁香花结犹如愁思郁结。

摊破浣溪沙（菡萏香销翠叶残）

【原文】

菡萏①香销翠叶残。西风愁起绿波间②。还与韶光③共憔悴，不堪看。

细雨梦回鸡塞④远。小楼吹彻⑤玉笙⑥寒。多少泪珠何限恨，倚阑干。

【题解】

此词为深秋怀念远人之作，是千古传诵的名词。作者通过描绘深秋一系列催人憔悴的残景，渲染了一种特有的悲伤气氛，塑造出一个孤苦无依的思妇形象，有着极强的艺术感染力。其中"菡萏香销翠叶残，西风愁起绿波间""细雨梦回鸡塞远，小楼吹彻玉笙寒"，都是词史上传诵的名句。

【注释】

①菡萏（hàn dàn）：即荷花。

②西风愁起绿波间：承上句菡萏香销，写风吹绿波。愁起，愁随风起，也是风起堪愁。

③韶光：美好时光。

④鸡塞：古塞名，为鸡鹿塞的简称。古代贯通阴山南北的交通要冲，汉时筑城塞于此。《汉书·匈奴传》："又发边郡士马以千数，送单于出朔方鸡鹿塞。"颜师古注曰："在朔方窳（yǔ）浑县西北。"今内蒙古磴口西北哈隆格乃峡谷口。后亦泛指边塞远戍之地，如卢钧《寄太

原卢司空三十韵》："鸡塞谁生事，狼烟不暂停。"

⑤吹彻：吹完最后一曲。

⑥笙：管乐器名。由簧片、笙管、斗子三部分组成。簧片古时用竹制，后改用响铜；笙管为长短不一的竹管，于近上端处开音窗，近下端处开按孔，下端嵌接木质"笙角"以装簧片，并插入斗子内；斗子用匏、木或铜制成，连有吹口。有圆形、方形等多种形制。簧管自十三至十九根不等。奏时手按指孔，吹吸振动簧片而发音。能奏和音。是民间器乐合奏中的重要乐器。现经改革，有二十四簧笙、三十六簧键钮笙等，转调便捷，表现力更为丰富，除用于伴奏、合奏外，也用于独奏。此句是说风雨楼高，吹完最后一曲，笙簧寒涩，不复清越谐耳。

【译文】

荷花残败，香气散尽。深秋的西风吹来了万顷绿波的愁思。美好时光已经逝去，人慢慢憔悴，不忍看到这萧瑟的景象。

微微细雨中，从梦里醒来，转眼便想到思念的人仍远在边塞。站在风雨高楼上，将那首曲子吹完，因吹久而凝水，笙寒而声咽。流不完的泪，诉不尽的恨，依旧倚在栏杆上等待。

【赏析】

此词和上首同调，也称《山花子》，元宗这两首词都曾经赐给乐部王感化。陈廷焯《白雨斋词话》卷一："南唐中主《山花子》云'还与韶光共憔悴，不堪看。'沉之至，郁之至，凄然欲绝，后主虽善言情，卒不能出其右也。"又，《云韶集》卷一："凄然欲绝，只在无可说处。"此词写秋悲，其佳处正在于凄婉沉郁。

"愁起"二字用得好，风吹波动，何物有愁？此乃细心敏感之人见绿水之上风起波澜，是时好花摧折，枝叶芜秽。他有感于秋风之肃杀，哀悼芳草之挫枯，愁便随风而起。以是观之，便好像这西风也晓得怜香惜玉，也不堪其香销叶残了，此处用到了物类人格化的写法。

下半片过片二句"细雨梦回鸡塞远。小楼吹彻玉笙寒"即是承前之景物感发写人事。细雨织愁，好梦惊醒，人在塞外，地远路遥。"梦回"即有《古诗十九首》"远道不可思，夙昔梦见之。梦见在我傍，忽觉在他乡。他乡各异县，辗转不可见"中梦中咫尺，醒后天涯之恍惚与怅惘。小楼之中，夜寒冷清，独自一人，玉笙吹透。

　　结末"多少泪珠何限恨，倚阑干"，"泪珠"与"恨"相连，泪弹不尽正是缘于怨恨无穷。"倚阑干"三字，意兴凄凉惨憔，有说不尽之意。在这一个落寞的动作中我们也深深地体味到词人适才所见所感，无法释怀的悲伤只能让人沉默，不再作情语，于此戛然而止。

附录三　冯延巳（李煜之师）词赏读

冯延巳其人其词

冯延巳（903—960），字正中，又名延嗣，广陵（今江苏扬州）人。父亲原是吴国军中的小校，南唐建立后升任歙州（今安徽歙县）盐铁院判官。在唐、五代，冯延巳与温庭筠、韦庄和李煜并称四位最重要的词人。冯延巳是南唐后主李煜的老师，对李煜词的创作有着十分重要的影响。

与同一时期其他词人相比，冯延巳的词作有着独特的风格。王国维《人间词话》说："张皋文（张惠言）谓飞卿之词深美闳约，余谓此四字唯冯正中足以当之。"并且指出，如果说温庭筠词风用一句"画屏金鹧鸪"加以概括、韦庄词风用一句"弦上黄莺语"加以概括的话，那么冯延巳词的风格，则可以用他词中的一句"和泪试严妆"来进行概括。他的词不仅一定程度地摆脱了"花间"词风的熏染，而且拓展了词的境界，深化了词的抒情意味。许多词论家都认为他的词"领袖于南唐""为五代之冠"。冯延巳的词跟李煜相比，没有后者的不谙世故、真诚坦率，清新畅达，但是他和中主李璟所代表的，正是士大夫文人面对衰乱政治环境的孤独、惆怅的复杂心态。他们的词在艺术方面表现得更加深婉含蓄、精致细腻，带有浓厚的文人典雅气质。这一点也更加能够被后代士大夫文人所接受和倡导。

尤其值得关注的是，对北宋前期词影响最著者即为冯延巳。他曾经被贬官到江西抚州担任节度使，对于北宋前期江西词人晏殊、欧阳修词的创作具有直接的先导作用。他不仅开启了南唐词风，而且还影响了北宋晏殊、欧阳修等一批词人的创作，为开启北宋初期词风做出了重要的贡献，在词风的转变中起到了关键的作用，是长短句形成流派的重要人物。

鹊踏枝（谁道闲情抛掷久）

【原文】

谁道闲情抛掷①久？每到春来，惆怅还依旧。日日花前常病酒②，不辞镜里朱颜③瘦。

河畔青芜④堤上柳，为问新愁⑤，何事年年有？独立小桥风满袖，平林⑥新月⑦人归后。

【题解】

冯延巳，南唐中主时，官至翰林学士承旨、中书侍郎、左仆射同平章事（宰相）。其词多娱宾遣兴、流连光景之作，反映官僚士大夫闲逸的生活面貌。但时与李璟唱和，词风婉丽，词境渐大，对南唐及李煜影响较大。王国维《人间词话》卷上说："冯正中词虽不失五代风格，而堂庑特大，开北宋一代风气。"有《阳春集》。

《鹊踏枝》，一作《雀踏枝》，唐玄宗时教坊曲名，后用为词牌名，即《蝶恋花》。冯延巳以《鹊踏枝》词著称，今传14首。冯煦《阳春集序》评价其《鹊踏枝》词时说："其旨隐，其词微。"此词是代思妇抒写闲情，满纸春愁，塑造了一个"独立小桥风满袖"的思妇形象。

【注释】

①抛掷：丢弃，弃置。

②病酒：饮酒沉醉，谓饮酒过量。

③朱颜：红润美好的容颜，指青春年少。

④青芜：杂草丛生的草地。

⑤新愁：新添的忧愁。

⑥平林：平原上的林木。

⑦新月：农历每月初出的月亮。

【译文】

谁说闲情逸致已经被遗忘了太久？每当新春到来时，我的心绪惆怅还像往常一样。为了消愁，我天天在花前月下饮酒大醉，一点也不关心镜子里的自己已变得容颜消瘦。

河边上生满了杂草，河岸上柳树已成荫。不禁想要问道，为何年年都会平添无尽的忧愁呢？独自站在小桥上，清风吹来，衣袖鼓起，人回去后，树林里升起一轮新月。

【赏析】

　　本词的上半片，以反诘语发端："谁道闲情抛掷久？"陈廷焯《云韶集》卷一："起得风流跌宕。"词人的回答是"每到春来，惆怅还依旧。"自设问答，已见凄婉。惆怅之中包含着悔恨、愤激、哀伤，种种情感都在"每到春来"时节涌上心头。"谁道"不是别人，正是词人自我之谓："我说过'每到春来'，闲情逸趣'抛掷久'了吗？没有。我只说过，'每到春来，惆怅还依旧'。""闲情抛掷久"，只是从虚处着笔，"惆怅还依旧"，则是从实处写来，两相映衬，岂不有力地烘托出"惆怅还依旧"吗？下笔虚括，写出一种怅然自失、无由解脱的愁苦之情，郁抑恼恍，若隐若显。怅惘的具体内容与缘由，则留待读者想象。下面"日日花前常病酒，不辞镜里朱颜瘦"两句，更以容颜状态描写，进一步揭示"惆怅还依旧"的内心世界。"日日"，一作"旧日"；"不辞"，一作"敢辞"。"日日"两句，从"惆怅"中来，重在写往日的惆怅，与下半片"新愁"相对成文；"不辞"对应首句，以反诘语气收束上半片。日日病酒，不辞消瘦，如此则上下文语意连贯，着重点皆落在"惆怅还依旧"上面，意更深厚。

　　下半片五句，首句因见芳草、杨柳，又生新愁；中间两句，仍是反诘语，问何以年年有新愁，也是饱含恨意；末两句，只写景，月亮徐徐升起，树林为背景，景美人静，又映衬出心中愁苦之情。

鹊踏枝（几日行云何处去）

【原文】

几日行云①何处去？忘却归来，不道春将暮。百草千花寒食②路，香车③系在谁家树？

泪眼倚楼④频独语，双燕来时，陌上相逢否？撩乱⑤春愁如柳絮⑥，悠悠⑦梦里无寻处。

【题解】

此词牢愁郁抵之气，溢于言外，当作于周师南侵，江北失地，民怨丛生，避贤罢相之日。不然，何忧思之深也。后主之"一寸相思千万缕，人间没个安排处"与之同慨。身世之悲，先后一辙。永叔之"双燕归来细雨中""梦断知何处""江天雪意云撩乱"，元献之"凭阑总是销魂处""垂杨只解惹春风，何曾系得行人住"等句，均由此脱化。北宋词人得《阳春》神髓，如此之类，不胜枚举。（陈秋帆《阳春集笺》）

【注释】

①行云：语本宋玉《高唐赋序》："旦为朝云，暮为行雨。"谓神女。用巫山神女之典，比喻人行踪不定。

②寒食：节日名。在清明前一日或二日。相传春秋时晋文公负其功臣介之推。介愤而隐于绵山。文公悔悟，烧山逼令出仕，之推抱树焚死。人们同情介之推的遭遇，相约于其忌日禁火冷食，以为悼念。以后相沿成俗，谓之寒食。按，《周礼·秋官·司烜氏》"中春以木铎

修火禁於国中"，则禁火为周的旧制。汉代刘向《别录》有"寒食蹴鞠"的记述，与介之推死事无关；晋代陆翙《邺中记》《后汉书·周举传》等始附会为介之推事。寒食日有在春、在冬、在夏诸说，唯在春之说为后世所沿袭。

③香车：用香木做的车。泛指华美的车。

④倚楼：倚靠在楼窗或楼头栏杆上。

⑤撩乱：纷乱，杂乱。此处形容心绪烦乱。

⑥柳絮：柳树的种子。有白色绒毛，随风飞散如飘絮，因以为称。

⑦悠悠：此处形容梦长。

【译文】

这几天行踪不定，不知道去了哪里。忘记了回家，也不知道春天马上要过去了。寒食节时，路上开满鲜花长满青草。华美的马车又系在谁家树上？

双眼垂泪靠在楼头栏杆上，频频自言自语。成双成对的燕子回来的时候，路上可曾与他相遇？这春日里烦扰的心绪像飞散的柳絮，长梦中去哪里寻找他的踪迹呢？

【赏析】

此词以女子的口吻抒写愁怨与期盼交织的心绪。上片写离人的不归，下片写内心的情思，怨之至，亦伤之至。开头一句，"几日行云何处去"探问情郎前往何处。欲问伊人踪迹，正如行云之在天际，起笔托想空灵，接下来，女子进一步遥想着那位出门冶游、乐不思归的男子的行踪。她的内心充满着嗟怨和不满，责怨情郎四处游荡，却辜负了大好春光，使得自己的青春随之消逝。同时也流露出对情郎的思念和牵挂。她泪眼倚楼，喃喃自语，发出一连串的疑问："忘却归来，不道春将暮。百草千花寒食路，香车系在谁家树？"春色将暮而你又留滞忘归，此时你究竟飘荡到了何处？又逢一年的寒食佳辰，在这百草千花、美女如云的游春路上，香车系在了谁家的树上？当然，薄情郎是不会回答的。孤独凭栏，无处问询。其中的情致有疑惑、猜忌，亦有留恋与希冀之意，更多的是叹息和怨恼。但都不明说，一问再问，怅惘之切，情感之深，并可知之。

下片首句："泪眼倚楼频独语，双燕来时，陌上相逢否？"女子满含热泪，倚楼眺望，等待离人的归来。陌上归来的双燕，也许曾经见得他的游踪。因此她只好转问穿帘的双燕：你们飞来飞去，路上有否见到过他啊？

鹊踏枝（六曲阑干偎碧树）

【原文】

六曲阑干①偎碧树，杨柳风轻，展尽黄金缕。谁把钿筝②移玉柱③？穿帘海燕④双飞去。

满眼游丝⑤兼落絮，红杏开时，一霎⑥清明雨。浓睡⑦觉来莺乱语，惊残好梦无寻处。

【题解】

该词是一首伤春怀人之作，抒发了迎春之情与送春之意。全词分为两层，上片写迎春之情，下片写送春之意，在画面的连接和时间的跨度上均有较大的跳跃性。

全词浑成而隐约地表达出了题旨，情入景中，音在弦外，篇终揭题。

【注释】

①阑干：栏杆。用竹、木、砖石或金属等构制而成，设于亭台楼阁或路边、水边等处。

②钿筝：以金、银、玉、贝等

镶嵌的筝。

③玉柱：亦指代琴、瑟、筝等弦乐器上玉制的弦柱。

④海燕：燕子的别称。古人认为燕子产于南方，须渡海而至，故名。

⑤游丝：指树虫所吐的飘荡在空中的丝缕。

⑥一霎：霎，用同"眨"。谓时间极短。顷刻之间，一下子。

⑦浓睡：酣睡，沉睡。

【译文】

斜倚在杨柳树下的栏杆上，微风中，柳枝轻摆，在春光照耀下，尽显出鹅黄嫩绿的摇曳姿态。远处传来了美妙悠扬的筝乐声，逗引得梁上的燕子双双穿过门帘，扑向春天温馨的怀抱。

然而只几天时间，已是物换景迁：迎风飘扬的柳丝笼罩在漫天飞舞的落絮中；红艳艳的杏花也经不住清明时节的纷纷细雨，眨眼间便萎谢凋零。我想在梦中排遣春愁，可浓睡中，却被黄莺的啼叫声惊醒，美丽的梦中幻境，一下子消失得无影无踪。

【赏析】

此首词亦是写一个深闺独居的女子流连春光，惆怅自怜之作。"六曲阑干偎碧树，杨柳风轻，展尽黄金缕"三句写帘外景，春天来了，在幽静的庭院中，红栏碧树环绕。"偎"用得好，绿树与红栏彼此交映的景象非常亲切可人。杨柳依依，鹅黄嫩绿，轻柔飘逸。"尽"字用得好，写出了春光中枝条茂盛的喜悦和生命蓬勃的欢欣。"谁把钿筝移玉柱？穿帘海燕双飞去。满眼游丝兼落絮"三句写帘内景，正在外景一片悠然的时候，帘内钿筝一声，骤然惊动了穿帘的海燕，翩然飞去，热闹和幽静，两相交映。帘外杨柳如丝，帘内海燕双栖。词人把这些情景都写得相当优美、精致，用笔非常细腻，有力地表现出春光的明媚，给读者以十分深刻的印象，引发出丰富的情境联想。词中女子正是在这样的时节，这样的景致中幽思难托。

下片"满眼游丝兼落絮，红杏开时，一霎清明雨"即是写春雨里闺中人的惜花情怀，但是又紧密地与上面的春景相连，都是闺中人所见所闻。所有这些优美的意象，在如梦如幻的清风细雨中，营造了一种缠绵婉转的氛围，像是温柔的手触摸到心灵的深处，轻轻地拨动着人的心弦，泛起百般的情思。

采桑子（花前失却游春侣）

【原文】

花前失却游春侣，独自寻芳。满目悲凉，纵有笙歌①亦断肠。

林间戏蝶帘间燕，各自双双。忍更思量，绿树青苔②半夕阳。

【题解】

这首词运用比喻、起兴的手法，通过描写蝶燕双飞之乐，表达自身孑然无侣的孤独之感。

【注释】

①笙歌：合笙之歌，亦谓吹笙唱歌。此泛指奏乐唱歌。

②青苔：苔藓。

【译文】

花前没有了她的陪伴，独自在花间徘徊，看繁花似锦，触目悲凉。虽是春光美景，却是欢乐难再，即使笙歌入耳，婉转悠扬，也只能更添感伤惆怅。

转眼望去，林间彩蝶对对，帘间飞燕双双，不思量、难思量。抬头望天边，还是夕阳西沉、残阳如血。血色勾勒了天边的绿树，涂抹了林中的青苔。

【赏析】

这首词写失却情侣以后孤独凄凉的情怀。陈廷焯《词则·别调集》卷一评："缠绵沉着。"上片开头就径自写独游之悲，"花前失却游春侣，独自寻芳。满目悲凉"，良辰美景、花前月下本是许多有情人向往的人生乐事，然而，正是在这样的情境中词人孤身一人，在游乐之处独自徘徊。春天的美景此时在词人眼中浑然无味，四顾茫然，悲从中起。情深之处，更有一句："纵有笙歌亦断肠。"一切的欢乐在他看来都是牵动愁思的因素。原本可爱的春光，原本动听的笙歌在没有人陪伴的日子里反而增加了凄凉。

下片即是以自然界生物的相亲相爱写内心的孤独难耐。"林间戏蝶帘间燕，各自双双"，彩蝶双双，燕子对对，飞舞林间，出入帘幕，无不兴起自己茕茕孑立的孤凄之感。"忍更思量"表明他已经不堪忍受了。"绿树青苔半夕阳"，伤心人见黄昏的落日照在绿树青苔之上，静谧中都是冷清的落寞。"半"字托出一颗孤独易感的心，一天的大好时光不仅过去，就连夕阳也只剩一半，而夕阳西下时的速度是非常快的，这"半"字就体现了这样一种一日将尽，词人心绪迅速消沉的情状。

清平乐（雨晴烟晚）

【原文】

雨晴烟晚，绿水新池满。双燕飞来垂柳院，小阁画帘①高卷。

黄昏独倚朱阑②，西南新月眉弯。砌下落花风起，罗衣③特地春寒。

【题解】

南唐时期冯延巳居宰相之职。当时朝廷里党争激烈，朝士分为两党。李璟痛下决心，铲除党争。这首词正是词人感慨时局之乱，排忧解闷之作。

【注释】

①画帘：有装饰的华美帘子。

②朱阑：同"朱栏"。

③罗衣：轻软丝织品制成的衣服。

【译文】

雨后初晴，傍晚淡烟弥漫，碧绿的春水涨满新池。双燕飞回柳树低垂的庭院，小小的阁楼里画帘高高卷起。

黄昏时独自倚着朱栏，西南天空中挂着一弯如眉的新月。台阶上的落花随风飞舞，罗衣显得格外寒冷。

【赏析】

这首词写的是一个少妇在暮春时节的黄昏，思念亲人并等待他归来的情景。词中表露的是女主人公那种淡淡的哀怨与怅恨，于温婉的格调中流动着丝丝情思。

　　如果说上片的最后两句只是让读者领悟到她独处的余味，那么下片的开头就承上启下，点明了一个"独"字。"黄昏独倚朱阑"，说明她在等待归人，也可以理解前面她为什么那样凝神于双燕了。这个"独"字正是透露此词怀人要旨的字眼。从雨晴烟晚的黄昏，再到眉月斜挂西南，夜色渐深，她等待归人已有好长一段时间了。在静夜，望月思人的情怀也更浓更深了。从卷帘望飞燕到倚栏盼归人而望月，地点是不断移动的。现在人依然未归，她又来到了阶上再伫立等待。少妇心绪不宁，在住所凡是可能看到归人的地方多次徘徊。直到夜风卷起阶前的落花，拂动她的罗衣时，她才感到春寒袭人。"落花风起"再次点明了暮春的季节特征，兼有春思撩人的象征意味。

　　冯延巳写的是春夜怀人之怨，用的是风拂罗衣的形象，词中女子

的心情和盼待归人的结果，都给读者留下了丰富的联想空间。

谒金门（风乍起）

【原文】

风乍起，吹皱一池春水①。闲引鸳鸯②香径里，手挼③红杏蕊。

斗鸭阑干独倚，碧玉搔头④斜坠。终日望君君不至，举头闻鹊喜。

【题解】

《谒金门》，唐玄宗时教坊曲名，后用为词调。敦煌曲辞《谒金门》中有"得谒金门朝帝庭"语，可能是此词调的本意。此词也是代思妇写春愁，但辞语秀丽，语调轻松，没有那种凄厉之音，描绘了一幅美丽的春景图，为一时传诵之作。陆游《南唐书·冯延巳传》载："元宗尝因曲宴内殿，从容谓曰：吹皱一池春水，何干卿事？延巳对曰：安得如陛下小楼吹彻玉笙寒之句。"可见李璟与冯延巳君臣互吟，各有得意之作。

【注释】

①风乍起，吹皱一池春水：此句形容春风吹过，湖面上荡漾着细纹微波的样子。

②鸳鸯：鸟名。旧传雌雄偶居不离，古称"匹鸟"。

③手挼：揉搓；摩挲。

④搔头：簪的别称。

【译文】

春风乍起，吹皱了一池碧水。闲来无事，在花间小径里逗引池中的鸳鸯，随手折下杏花蕊把它轻轻揉碎。

　　独自倚靠在池边的栏杆上观看斗鸭，头上的碧玉簪斜垂下来。整日思念心上人，但心上人始终不见回来。正在愁闷时，忽然听到喜鹊的叫声。

【赏析】

　　本词上片一开头就借景起兴，"风乍起，吹皱一池春水"，春风忽地吹来，使满塘春水漾起了波纹，这本是春日平常得很的景象。可是有谁知道，这一圈圈的涟漪，却搅动了一位女性的感情波澜。这是写女主人公视角所及的自然景象，也是写她惆怅迷乱的情绪。春风吹皱了池水，也搅动了她的心波，她的内心也像这池水一样荡着层层涟漪，女子怀春索寞无依的心态借春风春水得到了形象的揭示。"闲引鸳鸯香径里，手挼红杏蕊。"眼前的良辰美景只使她感到怅惘无聊，意中人不在一起赏春，她茫然若失，无所事事，只好走入花间小径里去逗引池

中的鸳鸯来解闷，手上无意识地不断揉搓着红杏的花蕊。这逗鸳鸯、挼花蕊两个细节相当入微地写出了她此际莫可名状的内心，鸳鸯成双嬉水，尚且多情，而自己却独对春光，反不如它，这"闲引"似悠闲娱乐，实则更触发了她的愁苦烦恼；香径里春意正浓，随手折下杏花蕊把它轻揉碎，春色虽好，但不属于她，春光难留，青春易逝，被揉碎的仿佛是她的一颗渴求爱情的芳心。这两句是以闲来写愁苦的妙笔，她的举动愈是漫不经心，却愈是在她的信步随手的消遣中见出她无所依托的寂寞不安的心绪。作者对于人物精神状态的体察真可谓是入木三分。

下片开头继续写她百无聊赖的孤独感，"斗鸭阑干独倚"，别看她一副貌似悠闲的样子，时而逗引鸳鸯，时而揉搓花蕊，过一会儿又倚身在池栏上观看斗鸭，但只消从她懒洋洋的神态上，就能知道她的心思其实全不在此。穿过花径、逗引鸳鸯之后，来到另一处所，依然是独倚栏杆，兴味索然。无论到哪里，这园中的花草禽鸟都只使她增添一腔伤情。"碧玉搔头斜坠"，连头上的玉簪斜垂下来也无心去理正它，意中人不在，为谁饰容？一任蓬鬓散发亦不顾。玉簪斜垂也说明她穿花引径、独倚栏杆的时光已很长了，在这样懒散愁闷的情态中，期待而又难挨的心情亦可想见。结尾两句："终日望君君不至，举头闻鹊喜。"随着几声喜鹊的欢叫，她的面庞顿时就涌上了红晕——盼念已久的丈夫终于要回家了，这怎能不令她的心像小鹿儿那样乱撞乱跳？旧时人们往往认为喜鹊叫，喜讯来。《西京杂记》卷三有"乾鹊噪行人至"的说法。难怪词中之人听到喜鹊的叫声不由得欢欣雀跃。此词以这样的情境作为结末更蕴涵着多种意味：一是微露词旨，她为什么如此幽闷无聊、对景难排呢？原来是"君不至"，这一句的点露与前面六句的形象描画浑然相合，若没有这个"露"，词意的特定性就难以捉摸；二是正在思绪不定，望君不至的绝望之中，竟忽然听到喜鹊的叫声，心头为之一振，不觉喜上眉梢，莫不是喜鹊预报所盼望之人就要归来了吗？她的愁苦索寞之情陡然一转，这一转把她的痴情表露得十分逼真；三是喜鹊报喜毕竟只是习俗之谈，喜鹊是否真的通晓人情呢？它叫过之后心上人是否真的归来了呢？词中没有说，也无须说，只是留下了长长的余音，让读者去回味、去想象。从全词的情状基调看，她的喜只是在愁苦之极时所产生的一线希望，只是暂时得到自我慰藉的表现。这样的喜虚无缥缈，实则包含着更深沉的悲苦和失望。尾声之曲折蕴藉真是达到了意在言外的境界。

南乡子（细雨湿流光）

【原文】

细雨湿流光①，芳草年年与恨长。烟锁凤楼②无限事，茫茫。鸾镜③鸳衾④两断肠。

魂梦⑤任悠扬，睡起杨花满绣床。薄幸⑥不来门半掩，斜阳。负你残春泪几行。

【题解】

《南乡子》，唐教坊曲名，后用为词牌。此词的写作时间在残春，是模拟闺中思妇的口吻，见春雨残阳而生惆怅，怨恨"薄幸"人远游不归。全词情景并美，昔人多激赏之。

【注释】

①流光：指如流水般逝去的时光。

②凤楼：指女子的居处。

③鸾镜：《太平御览》卷九一六引南朝宋人范泰《鸾鸟诗》序："昔罽宾王结置峻祁之山，获一鸾鸟，王甚爱之，欲其鸣而不致也。乃饰以金樊，飨以珍馐。对之逾戚，三年不鸣。夫人曰：'闻鸟见其类而后鸣，何不悬镜以映之！'王从言。鸾睹影感契，慨焉悲鸣，哀响中霄，一奋而绝。"后即以"鸾镜"指妆镜。

④鸳衾：绣有鸳鸯的被子。亦指夫妻共寝的被子。

⑤魂梦：梦；梦魂。

⑥薄幸：薄幸郎的省称，此指薄情负心的人。

【译文】

细雨霏霏，浸湿了光阴，芳草萋萋，年复一年，与离恨一起生长。凤楼深深，多少情事如烟，封存在记忆之中。恍如隔世呦，望着饰有鸾鸟图案的铜镜，绣着鸳鸯的锦被，思念往事，寸断肝肠。

梦魂，信马由缰，千里飘荡。魂回梦觉，蓦然见杨花点点，飘满绣床。薄情负心的人呀，我半掩闺门，你却迟迟不来。夕阳西下，眼看辜负了三春的良辰美景，洒下清淡的泪珠几行。

【赏析】

此篇写怨妇怀春之情，其中的高楼拥衾、对镜伤神，以及以草长喻怨深，均不足称奇。春天的草，轻盈青翠，清光流泛。蒙蒙细雨，虽能沾湿春草，却终不能掩抑流光。此词并非咏草之作、摄草之魂，而是为摄怨妇之魂。词人深见及此，奇才也。更奇者，这雨中的春草，正是怨妇的象征：情郎不至，怨矣，犹春草之见濡，虽则有怨，痴盼犹存，一如流光之依然闪动。以下"芳草年年与恨长"即是以草为喻，将内心的愁怨化作具体可感的艺术形象。闺中之人年年的长恨正如这细雨中的芳草一样，一点点地生长。就好像是草长一分，恨长一寸。起二句，情景并美。

此后写闺情。"烟锁凤楼无限事"，也正是在这样细雨迷蒙的情境中，词中之人独自一人在冷清的妆楼，想起了无限的往事。"烟锁"二字既表现了当时烟雨蒙蒙的外在环境，又写出了幽闭孤凄、无人倾诉的内心的百般感受。"茫茫"正是与"无限事"相应，将雨中情境和独居心境融为一处，凄婉感人。"鸾镜鸳衾两断肠"，即正面写朝朝暮暮的相思愁苦。"鸾镜"表晨起梳妆之时，"鸳衾"表晚寝入眠之间，都是孤孤单单的一个人，怎不叫人断肠。

词下片，写闺恩怨望之情事，"魂梦任悠扬，睡起杨花满绣床。"寝前，她虽心事茫茫，但在梦中，她却任意驰想，梦随杨花去寻人，可见心事之纷纭复杂，浓愁难消。"薄幸不来门半掩"，她虽恨煞薄幸郎，那门儿却未紧闭，依旧为他留了半扇。她在不甘却又是无奈地等待。结句"负你残春泪几行"，幽怨深深。"斜阳"与"残春"相应，在无限的相思等待中辜负了春光，蹉跎了岁月，黯淡了青春。

三台令（三首）（春色）

【原文】

其一

春色，春色，依旧青门①紫陌②。日斜柳暗花蔫③，醉卧谁家少年？年少，年少，行乐直须及早。

其二

明月，明月，照得离人愁绝。更深影入空床，不道帏屏④夜长。长夜，长夜，梦到庭花阴下。

其三

南浦⑤，南浦，翠鬓⑥离人何处。当时携手⑦高楼，依旧楼前水流。流水，流水，中有伤心双泪。

【题解】

《三台令》原名《调笑

令》，此调在唐时有《古调笑》《宫中调笑》《调啸词》《转应曲》等多种名称，南唐冯延巳改称《三台令》。这首小令，以清丽的词采和委婉的手法，表达了词人的某种寄托，具有浓厚的感伤情调，体现了冯词的基本风格。

【注释】

①青门：汉长安城东南门。本名灞城门，因其门色青，故俗称为"青门"或"青城门"。青门外有灞桥，汉人送客至此桥，折柳赠别。见《三辅黄图·桥》。后因以"青门"泛指游冶、送别之处。

②紫陌：指京师郊野的道路。

③花荙：指花草枯萎；颜色不鲜艳。

④帏屏：亦借指寝息之所。帏，帷帐。屏，屏风。

⑤南浦：南面的水边。后常用称送别之地。

⑥翠鬟：黑而光润的鬟发，此处代指人。

⑦携手：牵挽，指手拉着手。

【译文】

其一

春天啊！妩媚动人的春天景色啊！金陵城内依然是一副姹紫嫣红，春光骀荡。夕阳斜挂，柳条翦翦花艳丽。谁家的少年郎醉卧在这令人痴迷的景色之中啊？年少啊！年轻的生命多么美好！人生短促，当珍惜年光，趁着年轻时候及时享乐。

其二

明月啊！明月！你的明亮光辉照得离别愁绪那样痛彻人心。夜已深沉了，你的光影还来照拂我空床。莫非嫌我帏幔云屏中的寂寞深夜还不够漫长！漫漫长夜啊！无止无尽的长夜啊！我还是时时梦到昔日花前柳下的恩爱景象！

其三

南浦城啊！南浦江！昔日一别音讯渺渺，茫茫天涯你究竟人在哪里？南浦江楼曾经是你我携手共游的地方。如今依然是滔滔不绝的江水萦绕着城楼。流水啊！流水！滔滔不绝的流水啊！连绵无尽的南浦江流中，掺和着多少伤心人的泪水呢！

【赏析】

此调亦名《调笑令》。起二字叠，如第五句"年少""长夜""流水"二字，即以上句尾二字颠倒而叠用之。承上启下，情境变换，结句直抒本意，是此词调主体。

第一首写伤春迟暮之情，起句"春色"二字叠用，依唐词定格，写景抒情兼而有之，有着歌曲咏叹的意味。"依旧青门紫陌"，又是一年春好处，青门紫陌又见花枝招展，万物争荣。

第二首写春天月夜离人愁绝难眠。开头"明月"二字叠用，与上

首"春色"二字叠用有异曲同工之妙，同样使人的心中荡起温柔的涟漪。下句"照得离人愁绝"，面对娟娟月色词中之人内心充满了无限的惆怅，月光牵动了相思之情，是惹起"离人愁绝"的星星之火，这星火已经点燃，大有燎原之势。"更深影入空床"，寂寞的月，寂寞的床，嫦娥与思妇两相望，仙子守着千年的寂寞，凡人守着青春的凄凉，只剩一声怨叹："不道帏屏夜长。"

第三首写怀人之情。起句："南浦，南浦，翠鬓离人何处。"江淹《恨赋》："春草碧色，春水绿波。送君南浦，伤如之何！"南浦一别，音容渺茫。空见别离之处，但不知其人萍踪何处。犹记当时高楼携手，言笑晏晏。楼前水流，依旧东流。然物是人非，情何以堪。想要寄情流水，流水如愁，绵绵不断。"中有伤心双泪"，是流水，亦是悲伤的泪水。

酒泉子（芳草长川）

【原文】

芳草长川①，柳映危桥桥下路。归鸿②飞，行人去，碧山边。

风微烟淡雨萧然③，隔岸④马嘶⑤何处？九回⑥肠，双脸泪，夕阳天。

【题解】

此词写春天，闺妇看到芳草绿满川原，柳映河桥，已是春心荡漾；加上抬头见归雁北返，更觉征人远去，徒使她望断青山而怨其外出。下阕作进一步渲染：微风吹拂，烟淡淡雨潇潇。却不闻隔岸马嘶声，说明征人不归。因此肠为之九回，泪满双颊，愁对西天落照而已。

【注释】

①长川：长的河流。

②归鸿：归雁。诗文中多用以寄托归思。

③萧然：萧条冷落，空寂凄凉。

④隔岸：指河的对岸。

⑤马嘶：指马鸣凄楚幽咽。

⑥九回：多次翻转或萦绕。多形容愁思起伏，郁结不解。

【译文】

芳草萋萋的水中绿洲，高桥如长虹卧空，飞架长川两岸，高桥下的道路两旁柳树掩映，随风依依。北归的鸿雁，展翅飞过；路上的行人，也一个个离去。

风小云散雨声消逝，是一片萧然寂静，举首望去，鸣叫的马儿在何处。愁肠九转，泪满双颊，愁对夕阳西下。

【赏析】

这首词写离别之情。上半片写春雨绵绵中，词人立于横跨长川的"危桥"之上，带着无限的凄凉，认真审视周围的山川风物。发端句写向两边看望，"芳草长川"的横幅画面，即

刻收入视野，这幅画里面既有"高冈碣崔嵬，双阜夹长川"的高山峡谷，也有"芳草萋萋"的水中绿洲。紧接"柳映危桥桥下路"一句，写向前后观看，那高桥如长虹卧空，飞架长川两岸，通过高桥的道路，两旁柳树掩映，随风依依。"归鸿飞，行人去"，则写上下察看。往上看，北归的鸿雁，排成人字行，展翅飞过；往下看，路上的行人，也一个个离去。最后，只留下词人自己，他又朝着"碧山边"远眺，极目搜寻，除了远远的绿山相伴之外，周围是什么也没有了。景，愈写愈空阔；情，亦愈来愈孤凄。但是，这上半片，只着景中语，不写情中语，情中语是从景中语里折射出来的。亦情亦景，情景交融。

下半片从写景逐渐转为抒情。首句"风微烟淡雨萧然"，承上启下，写风小云散雨声消逝，乃是一片寂静的雨后景象。第二句"隔岸马嘶何处"，以反诘语使意境由静态转为动态。由于隔岸的马嘶划破长空，震惊了在寂寞中悲哀的词人，好像伴侣即将来临，孤凄就要消逝，但是，举首望去，反而看不到鸣叫的马儿在何处。这时，感情上的短暂转机，又回到茫然不知所措的空荡之中。第三句"九回肠"，可谓一语双关。一方面写词人运用逻辑的推理，得知骑着嘶鸣的马儿的人，在九曲羊肠的山路上奔驰，无法透过遮挡在眼前的山峦看到；另一方面，写词人的凄婉之情，犹如九曲羊肠，在脏腑中起伏跌宕，难以言状。最后，以"双脸泪，夕阳天"两句，直观地写词人在雨后夕阳下，双颊垂泪，泣不成声的外部表情，表现其隐藏在深处的极度悲伤。以"夕阳天"作结，言有尽而意无穷，夕阳西下带着无限的眷恋和惆怅，正好与送行之人对离人的一往情深、留恋不已相呼应，情境同于心境。此词佳处在于用细密的意脉表现了深婉的感情。

采桑子（笙歌放散人归去）

【原文】

笙歌放散①人归去，独宿红楼。月上云收，一半珠帘挂玉钩。

起来点检②经由地，处处新愁。凭仗东流，将取离心③过橘洲④。

【题解】

《采桑子》，唐教坊曲有《杨下采桑》，词名本此。冯延巳作有多首《采桑子》词，皆写男女离情。这首词抒写盛宴过后曲终人散的落寞。整首词意境凄远，情辞感伤，愁思如涌，凄凉之至。

【注释】

①放散：消散；散歇。

②点检：考核，查察。

③离心：别离之情。

④橘洲：长满橘树的小洲。

【译文】

刚刚还是笙歌曼舞，转瞬之间，笙歌消歇，众人散去，只剩我独宿于红楼舞榭。将珠帘半卷，挂在玉钩，此时云儿收起，升起一轮朗月。

索性起来，细细地看那些和他共同游玩过的地方，每一处都引起我的新愁。那东流的河水哟，请将我的一颗充满离恨的心，捎带到那心上人所在的橘洲。

【赏析】

这首词抒写盛宴过后曲终人散的落寞。陈廷焯《云韶集》卷一评："字正音雅，情味不求深而自深。"上半片以"笙歌放散人归去"开篇，可见其着重点不在描写晚上宴会歌舞之盛况，而在抒发音乐停止、宴会解散、人归去之后，词人"独宿红楼"的反思。

下半片首两句"起来点检经由地，处处新愁"，紧承上半片，写出时间的推移，由昨夜"独宿红楼"，到今天早晨起来，泛舟离开红楼。其中"点检"二字尤足以表现作者"辞学"造诣之深。冯延巳在词中用"点检"二字，表明这离去不是毫不经意，而是一棹一回头，认真

考察经由之地的特殊景物，然而感受的却是每经一处就在心灵深处荡起的一波新愁。最后二句："凭仗东流，将取离心过橘洲。"写词人想从这愁苦中摆脱出来，然而，词旨微幽，必得细细体味才能领悟。"凭仗东流"照应首句，点明"起来点检经由地"是乘舟而行，引出新愁，但是，还要依仗它来抛下这不断增添的苦愁。